原爆詩集

八月《はちがつ》

合同出版編集部—編

原爆詩集 八月

◎もくじ

一九四五年八月の少年少女

原子雲の下の詩人たち

平和への願い

一九四五年八月の少年少女

先生のやけど

かくたに のぶこ（広島市仁保小学校二年）

わたしのバレーの先生のくびに
ピカドンのやけどがあります。
わたしはかわいそうね、とおもいました。
おどっていると
手のほうにもやけどがありました。
あつかっただろうとおもいます。

『原子雲の下より』

げんしばくだん

中村月江（広島市段原小学校二年）

ここは、そかいの、おばさんち
かあさんのせなに、おんぶされ
ぼうくうずきんに、かくされて
目だけみせて、きょろきょろきょろ
わすれもしない、八月六日
ちょうど　あさごはんの、ときでした
ぴかっ、ぴか――っと、ひかりだし
あっと、おもうまに、あたり一めんあかつちの
くさい、いやあな、ほこりかぜ
たてもの、たんす、たおれだす
わたしおかあさんのふところにむちゅうで
ぼうくうごうに、とびはいった
小さい、ねえちゃん、すがたなく
かあさん、まっさおな、かおになり
みれば、みずやの、下じきで
おばさんにたすけだされてほっとした
そらは、ごろごろ、やねは、かわらが
すべり、すべり、おちだした
かあさん、ほかの、人びとと
山また山から、小川のほうへとにげだした

『新編　原子雲の下より』

みずや＝茶箪笥《ちゃだんす》。

ピカドン

横本弘美（広島市千田小学校二年）

ピカドンのときは、ぼくは小さかった
おかあちゃんのかおや
からだのけがはしらない
いまごろになって、かおのきずから
がらすがでてくる、
もう三べんもでてくる、
二へんまでは
小さかったからしらない
いまは二年せいです。
いまごろかおから
またがらすがでてくる
ときどきおかあちゃんがさわっている。
ぼくはそれを見ると
もうピカドンが
なければよいとおもう。

『原子雲の下より』

げんしばくだん

坂本はつみ（広島市比治山小学校三年）

げんしばくだんがおちると
ひるがよるになって
人はおばけになる

『原子雲の下より』

げんばく

田川よります（広島大学教育学部東雲分校小学校三年）

サイレンがなった。
おばあちゃんが「よかった、かいじょよ」
と　ぼくをひざの上におろした。
ぐううんー　とあたまの上でひこうきの音、
とたんピカリごくんと家がゆれた。
ひっしにとりついた時はまっくらだ。
たすけての声、
あとはわからない。
ほんとにこわかった。
きのこぐもがぐわぐわとまいあがる。
あの雲はわすられない。

『原子雲の下より』

げんしばくだん

向井富子（広島市古田小学校三年）

げんしばくだんでしんだ
おとうちゃん
どんなになってしんだのよ。
どうして早く
うちにかえらなかったのよ。
こころのやさしい
おとうちゃん
どうしてわたしをおいて
しんだのよ。
おかあちゃんはおとうちゃんの
かわりに
くみあいにいっている。
おにいちゃんはしんぶん
くばりにいっている
どうしてひろしまにげんしばくだんが
おちたのかわたしにしては
わかりません

『原子雲の下より』

ピカドン

金本湯水子（広島市古田小学校三年）

ピカッ
ドン
雨がざあざあふって来た
おかあさんはわたしをおんぶして
山の方へどんどんにげた
しばらくして
うちへ帰った時
家の前を通る人はみんな
おばけのようだった
水　水と言って来る
お母さんはみんなにのませた

『原子雲の下より』

あの時

三吉昭憲（小学校四年）

ピカリと　ひかった
ハッと　うつぶす。
おそる　おそる　目をあけると
あたりは　まっくらだ。
そとに　とびだすと
見るかぎり　家は一けんもない。
人も、うまも、木も、草も
でん車も、自動車も
みんなもえている。

『行李の中から出てきた原爆の詩』

げんばく

松島愛子（広島市中島小学校四年）

あさだった
ばくだんがおち
みんなたすけてー
といっている
いぬもしんでいた
いきているいぬは
みんなほえている
まつの木の下には
となりのおじさんが
しんでいた

『原子雲の下より』

ぴかどん

紀伊信宏（広島市中島小学校四年）

「おかあちゃん　おとうちゃんどこにいったの」
「あのね　とうちゃんはしなれたの」
みんなで
なみだをながしながら
かあちゃんのそばによりました。

『原子雲の下より』

原子爆弾

岡崎忠三（広島市仁保小学校四年）

一

ぴかっとひかって
どんとおちた
ひこうきは空たかく
とんでいた
むこうのてきのひこうきが
ぶうん、ぶうんと、とんでいた
空たかくとんでいた

二

ますます音をたててとんできた
その日はやけどをした人
手のおれた人が歩いてた

三

むこうのおやまは、火がもえた
こっちのお家はかわらがとんで
そとにでると、火がもえていた
くるしいのをがまんして
よちよち歩いてほらあなで
ままごとあそびであそんでた

『新編　原子雲の下より』

腕時計

女学生の夏服

無題

池崎敏夫（広島市南観音小学校四年）

ピカドンがおちて
家にあながあいた
あながあいているてんじょうから
風がはいって
さむいです

さむいときには
てんじょうをかみではってくれと
いもうとがいいますが
がまんしなさいと
おかあさんはいいます
だって　さむいんだもの
そしたら
さむくてしようがないんだといっても
しかたはないのだよ　と
おかあさんは
ないて
いいました

『原子雲の下より』

原子ばくだん

川本康弘（広島市大芝小学校四年）

一

ぼくが三つの
ときでした
朝の八時に
ピカドーン
ぼくは、かみだなの
所にいってちぢまった

二

なった時には
もうおそい
ぼくは急いで
外に出た
外に出たかと
思ったら
どこもかしこも
火の海だった

三

これはたいへん
おかあさんも
ぼくをせなかに
おんぶして
あねといっしょに
四人で
やすの山へと
にげました

四

やくしょづとめの
おとうさん

までどまでど
かえらない
みんなそろって
なきました
三日のひるすぎ
かえられた

『新編　原子雲の下より』

世界の平和

金平和子（広島市広瀬小学校四年）

私はせんそう大きらい
せんそうのためになん万と
いうほどの人が死んだ
私はわあわあなきながら
母のせなかにしがみついてにげまわった
むこうのほうは赤かった
その時は私小さかったが
だれがこんなことをするのかと
にくくてたまらなかった

私のいとこの姉さんも
げんばくのために死んだ
そして私は思う
世界が平和になるように
これは日本のさけびである
私もそのことを一心にかみに願っている

『新編　原子雲の下より』

土とかわら

大島美代子（広島市牛田小学校五年）

げんしばくだんで
たくさんな人が
小川や道のへりで
たおれていた
かなしかった
くるしかった
せんそうも
やっとおさまった
家も木もほとんど
やけてしまった
のこっているのは
土とかわら

汗となみだと血が
かわらから
土から
におってくる

『原子雲の下より』

原爆の詩

小橋道子（広島市段原小学校五年）

おそろしかった　あの日
八月六日　思い出の日
私のおばあさんも
ピカドンで死にました
おようちえんの先生も
お友達も　死にました
ほんとうにおそろしかった
原爆の日よ
一生忘れない八月六日
お父さんお母さんに死なれた
かわいそうなお友達が
ほんとうにおそろしかった
原爆の日よ

『新編　原子雲の下より』

おばあさん

岡本純子（広島市牛田小学校五年）

ぼうくうごうの中で
となりのおばあさんが
足がとんでしまって
苦しんでいた。

私はあのおばあさんと
よく遊んだ。
あのおばあさんは
もうこの世の中に
すがたを見せることはできないだろう。
私は原爆の時うけた
顔のきずを見るたびに
やさしかったとなりのおばあさんを思い出す。
タンスに残っている
ガラスの破片も
おばあさんのかたみのように
悲しく光っている。

『原子雲の下より』

原爆の日

奥本清志（広島市大河小学校五年）

ぼくのお父さんはピカドンで死んだ
ぼくはあの時五つだった
「助けてくれ」というお父さんの声を思い出す
あたり一面火にかこまれていた
ぼくはこわかったことをおぼえている
暑い矢賀《やが》の山道をお母さんとはだしで走ったことも思い出す
人のせなかや顔を見ると水ようかんのような水ぶくれが出来ていた
ほんとにこわいあの日だった

『原子雲の下より』

弟

栗栖英雄（広島市舟入小学校五年）

いたといたの中に
はさまっている弟、
うなっている。
弟は、僕に
水　水といった。
僕は、
くずれている家の中に、
はいるのは、いやといった。
弟は、
だまって
そのまま死んでいった。
あの時
僕は
水をくんでやればよかった。

『原子雲の下より』

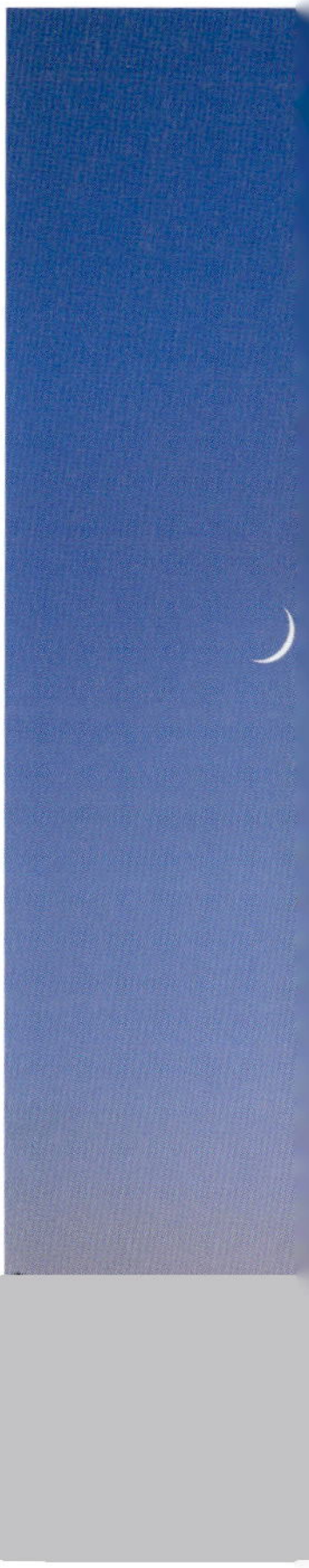

無題

田尾絹江（佐伯郡宮内小学校五年）

ばくだんがおちたあと
おかあちゃんが
だいじにのけといた米をたきながら
せんそうをして
なにがおもしろいんだろう
といって、
たかしや　たかしや
まめでかえってくれと
いってなきながら
おむすびをつくる。

『原子雲の下より』

無題

佐藤智子（広島市南観音小学校五年）

よしこちゃんが
やけどで
ねていて
とまとが
たべたいというので
お母ちゃんが
かい出しに
いっている間に
よしこちゃんは
死んでいた
いもばっかしたべさせて
ころしちゃったねと
お母ちゃんは
ないた

わたしも
ないた
みんなも
ないた

『原子雲の下より』

お父さん

原田 治（小学校五年）

父がせきをするたびに
息がつまる思い
父の顔は　まっさお
ひげがながくのびている
朝　ぼくが学校へ行くとき
ふと　胸にうかぶ　お父さん
今日の命のたたかいに
勝って下さい

『風のように炎のように』1954・2（『日本原爆詩集』）

原田 治＝峠 三吉の子

広島のげんばく

立川紀恵（広島市古田小学校五年）

わたしたちがおそわれた、げんしばくだん
また一人また一人と多くの人々が
たおれてゆくばくだん
お母ちゃま、お母ちゃまとさけびつづけていたわたし
母がいなければ私はしんでいるのだ
わたしたちよりさきに天ごくにあがった人々は
やすいねむりにたえているだろう
つみもない人々をころしたはんにんはだれだ
せんそうだ
友だちをなくしたわたしたち
思えば、ばからしいせんそう
多くの人々がしんでゆく
ようやくおさまったせんそう
さみしさにうなだれて、なみだぐむ、わたしたち

『新編　原子雲の下より』

原爆

新宅安代（広島市大芝小学校六年）

「ドカン」と鳴ったよ
空はまっくろ
そこらは火の海
道路を見れば
人の波
血まみれになった
人の波

『新編　原子雲の下より』

原爆

二宮義之（広島市千田小学校六年）

ぴかっとひかった
原子ばくだん
おとと　ともに
家はくずれ
ばたばた　たおれる
人の山
やけどでにげまどう
すくいの声
見るまに火がつき
焼け野原
僕の住家も
どこへやら

『新編　原子雲の下より』

原爆の詩

沢田律子（広島市天満小学校六年）

八月六日の原爆の日
あまりのおそろしさに
私は声も出なかった
家々はもえた
人々はたくさん死に
私はさびしく思った
人々はあまりのおそろしさに
ワアワアさわいでいるばかり
日はくれ　あたりは
だんだんくらくなり
人々の声ばかり
ひびいていた

『新編　原子雲の下より』

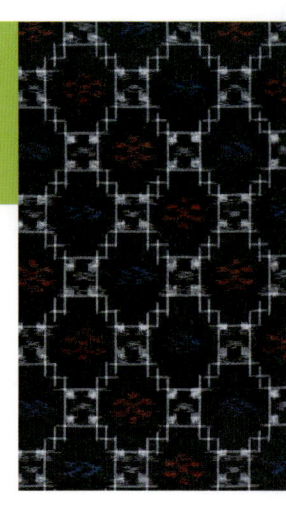

やけあとで

水川スミエ（広島市比治山小学校六年）

目の見えなくなった母親が
死んでいる子供をだいて
見えない目に
一ぱい涙をためて泣いていた
おさないころ
母に手をひかれてみたこの光景が
あの時のおそろしさとともに
頭からはなれない

『原子雲の下より』

無題

岡本陽子（小学校六年）

ピカドンで
けがをしてるきみちゃんを
男子はみんな
きっぽ　きっぽ　と　わる口を言う
わたしには
わけがわからない
げんばくにあたって
きみちゃんが悪いのなら
げんばくで死んでいった
赤ちゃんも
おともだちも
みんな
悪いことになる

『原子雲の下より』

きっぽ＝広島弁でひどい傷跡のこと。

原爆の思い出

寺西邦雄（広島市竹屋小学校六年）

僕の右の足
じっと見ていると
あの日の事が思いだされる
こんなにつるつると
ほかの所とはちがう
あのずるむげになった時からだ
おそらく一生このきずはなおらないだろう
このきずを見るたびに苦しい気持ちになる
のたうって死んでいった人々の姿がうかぶ
ぞっとして来る
戦争はもうしてはならない

『原子雲の下より』

家

田中史子（広島市比治山小学校六年）

私の家は
雨がふると
金物屋さん
こんどピカドンがおちたら
それもなくなる

『原子雲の下より』

金物屋さん＝金だらいや鍋などを並べた状態。

無題

三宅順造（広島市舟入小学校六年）

ピカドンが落ちた
父は二部隊にいた
その日から父は帰らない
くる日もくる日も帰らない
父の骨もわからない
おとうさん
おとうさん
いくらよんでも帰ってこない

ぼくの家はかしやで
とても幸福であった
家族八人の中で
お父さんとおねえさんと
おばあさんとおじいさんは死んだ
かなしみになみだがたえない
戦争はきらいだ

『原子雲の下より』

原爆体験記

岡本俊夫（広島市竹屋小学校六年）

原爆おわってから
どんな苦労をしたかわからない
みんなたべものがないので
てつどうぐさのだんごをたべたり
さまざまなかっこうでいた
広島じゅうははしからはしまで
やけのはらであった
ぼくたちはもとおったところに
かえって母のかえるのをまった
母はかえらないのでいなかにかえった
いなかにかえって
あらせというびょういんに
かよった
病院にいっていると

貧乏になった

円道正純（広島市竹屋小学校六年）

妹よしえは戦争中に死んだ
米がないので大豆ばかり食べて
げりばかりして
とうとう死んだ
それからまもなく
原子爆弾が落ちた

おいしゃさんがどこの人かしらないが
せなかのかわを五、六枚はぐってみると
うじがなんぜんびきとはいっていた
今思い出してもぞっとする
あのおそろしい原爆
もうあんなことはしないで
平和にくらしていこう

『原子雲の下より』

てつどうぐさ＝ヒメムカシヨモギ。

ぼくは母と逃げた
親類のものはみんな死んだ
このごろになって
お母さんが
さびしいとよく言われる
十万のいのちが
あっと言うまに
なくなったのだ
みんな広島の人は
こじきのように
貧乏になった
そして今も
苦しいくらしをしている

『原子雲の下より』

いのち＝一九四五年中に広島で約一四万人が亡くなったといわれている。

ピカドン

慶　箕　学（安佐郡朝鮮安佐小学校六年）

音楽の時間であった
ピカッと光り輝いたと思うと
どんとはげしい音がした
教室はガラスの地獄でした
西の空をあおいで見ると
積乱雲がもうもうと広がっていた
家に帰り時がたつと
怪我人の波がぞろぞろと行きすぎる
目玉の飛び出た者
手の無い者
血がだらだらとたれている者ばかり
あああの最後のうなり声

原爆の詩

積根千恵子（広島市幟町中学校一年）

八月六日の原爆の日
ぴかあっと光ったそのしゅん間
したじきなりて動かれず
やっと出られた家の前

悲しい犬の遠ぼえ
地獄の町でした「ピカドン」
その八月六日を
日本人と朝鮮人は良く知っているはずなのに
朝鮮への細菌戦とは誰の仕業ぞ
日本への再軍備軍事基地はなんの為ぞ
偽るな
二度とくり返すな
戦争はもっぱらいやだ
『原子雲の下より』

母に手ひかれむがむ中
こわいながらもかけつづけ
やっと見つけた知り合いに
会って話す悲しさよ

それから数日過ぎさりて
やけあと見れば灰ばかり
それに父までなくしつつ
今まで通したあの苦労

母が養う私達
感謝せずにいられよか
まぶたにうかぶ父の顔
かたくちかって生きぬこう
『新編　原子雲の下より』

原爆の詩

桑本智恵子（広島市幟町中学校一年）

八月六日
晴れた空
ブーンブーンという爆音
飛行機が二機三機
おおそうだ　あの瞬間
ガラスはこわれ家くずれ
暗き　思い出の一ページ

八月十日
かたみの時計がカッチカッチ
おおそうだ　その時に
やさしい姉の永遠の別離に涙した
悲しい　思い出の一ページ

九月の声を聞き
ゴットンゴットン
力強い槌の音
ああそうだ　その瞬間
復興の響きのその音に
うれしい　思い出の一ページ

『新編　原子雲の下より』

とうとう帰って来ない

徳沢尊子（佐伯郡鈴峯女子中学校一年）

「お姉さん　お姉さん」
まっても　まっても
夜まで　まっても帰らない。

次の日も
その次の日も帰って来ない。
八月六日の朝
出て行く時に元気な声で
「たか坊　いってくるよ」
といったが
どこへ行ったのか帰っては来ない

それから
七年たったが
まだ帰ってこない。

『原子雲の下より』

原爆の詩

吉原正義（広島市二葉中学校三年）

ピカリ　ズドン
生きとし生けるもの
かたちあるものが
光と音のあとに
押しひしゃげられ
月世界の様な
荒りょうたるしじまがすぎる

どす黒い土煙りの中から
一人二人幽鬼《ゆうき》の様に
立ち上って
母を呼び　子を呼ぶ声が
救いを求めるさけびと重なり合って
地獄のコーラスをかなでる

真夏の太陽が
焼けただれる死臭
逃げまどう人達の上に
なにもなかった様に
さんさんと輝く

『新編　原子雲の下より』

原爆落下後の来広《らいこう》

西林　斌（広島市修道中学校三年）

一時間に一度来る市電に乗った
この市電も生き残りなんだ
車窓の惨状はだんだんひどくなる
大分整理された後の土地なんだ

原爆地に夜が来た
市役所の辺《あたり》がぼうっと明かるい
何千の死者の燐《りん》が光っているからだ
あまたの魂の灯だ

煉瓦《れんが》の下から人骨が出た
おどろかない不感症《ふかんしょう》
その後いくつも出た
　やっぱり不感症は驚かなかった

『原子雲の下より』

原ばく

西山洋子（中学校三年）

おぎゃあ　おぎゃあ
生れたばかりの赤ん坊
原ばくですぐ
この世のことは何も知らず
あの世へ去った赤ん坊

『少年詩集』１９６６・８（『日本原爆詩集』）

溶けた瓦に埋まった人骨

学生服

原爆の思い出

勝矢美子（安芸郡鼓浦中学校三年）

ピカッドンという一瞬の間に
広島は全滅になってしまった。
本当に、一瞬の間に。
私の耳にはっきりと残っている
あのおそろしい音が。

或《あ》る人は死に絶え、
或る人は傷を負い、
その生き残ったわずかの人が
じりじりと照りつける太陽の下を
広島を後に避難して行く。
着物は裂け、はだしのままで
そして血まみれになった
見るかげもない姿。

或る人はふとんを背負い
或る人は幼子の手をひいて……。
ああ、このあわれな人々は、
今夜はどこへ寝るつもりか。
母と離れた子。
子と離れた母。
この人たちが、
やっとめぐり会えた時は
悲しくも白骨と化していたのだ。
こうして
我が子を慕い
気が狂って死んで行った
あわれな母親もあるとか……。

人々の尊い犠牲となって
地上に別れを告げた小さな魂は
不幸なこの世を　のろったであろう。
かわいそうな人々。

苦しみもがいて死んで行った
気の毒な人々。
みんな、戦争のためなのだ。
戦争。なんとのろわしい言葉であろう。
この世で、最もみにくいもの
それは、戦争だ。
世界の平和を望む人々は
きっと叫ぶであろう。
もう絶対に、戦争はいやだと。

我々は、世界の平和を目ざして
進みつつあるのだ
平和。平和。
早く　平和をもりたてよう。
我々の力で、
我々の幸福のために。

『原子雲の下より』

ピカドン

日山久美子（広島市段原中学校三年）

その朝もいつもと変わらぬ
太陽が、半とき後の悲劇も
知らぬげに光ってた
不安な中にも元気よく
母に送られ、学校へ出掛けた私
数丁歩んだ坂道で
一閃《いっせん》異様な光を感じた
次の瞬間
私の体はまりのごとく
数間先に吹き飛んだ
それからどれ程時がたったか
我に返った私の目に飛び込んだ
赤い炎
大蛇《だいじゃ》の舌のようにちろちろと

そこらあたりをなめだした
潮鳴りの様な騒音に
親は子を　兄は弟を
呼び合う悲痛な
叫び
朱《あけ》に染まった女の子
パンツまで焼けて真裸に
なった娘さん
目と唇がはれ上った
茶色い顔が
誰が誰とも見分けのつかぬ
同じ形の顔が後から後から
山へ山へと逃げてくる
目をおおいたい生き地獄
三日三晩を畠の中に
うずくまってすごした
あの日々

一升の米をもらうのに
夜半から配給所に並んだ
私も父を失って
母と二人ですごした七年
あの苦しかった日々が
昨日のことの様に思える
だのに
新聞はまた戦争をやりそうな
報道を平気でしている
嫌だ　もうこりごりだ
早く戦いのない世界が
来るといいなァと思う

『新編　原子雲の下より』

愛する兄は

菅間暁美（広島女学院高等学校二年）

一度だけ　一度だけ
私の名を呼んでほしい！
遠く離れ　一人疎開《そかい》していた私は
姿すら見ることが許されなかった、
門辺《かどべ》で迎えてくれると信じ
急いで帰った家に
ありし日の姿のまま
うごかない姿の写真が
写真が迎えてくれた――
幼い私に誰が兄の死を告げたろう
毎夕、石段に腰をおろし
帰ってくるように
ただ　帰ってくるように
待っていた幼い私だった、

十八の姉と別れる

西田郁人（広島市崇徳高校二年）

乳と乳との間に
深傷を負うて
更に記憶喪失して
水を……水を……と叫びながら
哀れに死んで行った姉の姿
十八の姿は美しかった。

しずかな蚊帳《かや》の中で
「これが最後の姿ですよ」
母の声も涙をおびて
親子兄弟は
姉の逝《い》くのを見守った
十三歳であった僕も

灯がともっても
肌寒い秋風
ほかにだれも帰ってくれない
骨の無い墓——
こんなことがあるだろうか
墓のない死人——
このような悲しさ淋しさが
すべての人々の上に
再びくり返されてはならないと祈る
そして努力する。

『原子雲の下より』

疎開＝被害を小さくするために人や建物の密度を低くすること。都会に住む子どもたちは学校単位で地方に移住した。

そこに伏せて大声で泣いた。
やさしかった
美しかった
正直だった
吾《わが》姉よ。

天よ
汝《なんじ》は姉に十八の年月しか与えていない
それは運命と云っても
平和の先導者と云っても
あまりにも悲しい出来事ではないか。

原子爆弾
その言葉こそ
全人類の破滅のことばだ。

『原子雲の下より』

僕は死ねない

徳納晃一（高校二年）

うつむいて
一生懸命ノートしている授業中
いきなり
ポタリと鉛筆のさきへ鼻血がちった
とめどなく
ノートの字を染めつぶして
血はいつまでも止まらなかった

死
すきがあれば心のすみのどこからか
頭をもたげようとすることば
死

だが僕は死なない
あの原子爆弾のために
だまって死んでしまえるものか

原子爆弾が地球のいたるところに
光って落ちて人の命をうばって
地球上いたるところに
僕のような運命をむりやりにせおわされて
悲しい人びとができていいものか
僕は死ねない

そっと腕をまくってみる
まだ斑点《はんてん》は出て来ない。

『平和をもとめて』1962・3（『日本原爆詩集』）

広島、八月六日

一九四五年八月六日、広島――


前夜から不気味な空襲警報が鳴り響き、何度も防空壕から出たり入ったりした恐怖の夜がようやく明けた。

八月の広島は暑い。この日も朝から焼けつくような猛暑だった。

午前八時、空襲警報が解除された広島の町は、人々がいつもの朝と変わらない営みを始めようとしていた。

急に、飛行機の爆音が際立って聞こえてきた。見上げると真っ青な空に銀翼がまばゆいばかりに輝き、飛行機はどれほどの高度かわからないが、手で持てるほど小さく見えた。

出撃直前のティベッツ機長と「エノラ・ゲイ」。

「きれいねえ。まるで絵のようだわ」

「まあ、詩人ねえ。こんな時にそんなことを考えるなんて」

警報解除のなかでB29が頭上を飛んでいることの奇妙さにも、人々は慣れっこになってしまっていた。

どこかで「あっ、落下傘《らっかさん》だよ。落下傘が落ちてくる」という声がした。瞬間、その人が指差す方角で、空がパアッと光った。電車のヘッドライトを何千億倍にしたような、いや、それをはるかに超える強烈な光だった。

光が先か、ドーンという地の底から突き上げるような轟音が先かわからない。目の前が真っ暗になり、それからは何も見えなくなった。


八月一日、テニアン島――


トルーマン米大統領による人類史上初の原爆投下命令は、日本の降伏を促す「ポツダム宣言」発表の一日前、七月二五日に行われていた。その命令は、極秘裏《ごくひり》にテニアン島のポール・ウォーフィールド・ティベッツ大佐に伝えられた。

八月一日、ティベッツは朝食のあと、米空軍第五〇九航空部隊司令部の自室に引っ込み、ドアを閉めて机の前に座ると、手早く書き物を始めた。彼が搭乗員を指名するための極秘命令書を起草するのには、数分があれば十分だった。ティベッツは命令書をグアム島の司令部に届けさせると、乗員のだれにどんな任務を課すかを決めにかかった。

前日八月五日、テニアン島北飛行場――

午後三時過ぎ、一人のペンキ工がB29の機首にはしごをかけ、ペンキの缶と刷毛《ブラシ》を持って、ふくれっ面でのぼっていった。彼はソフトボールに興じている最中に、機長のティベッツから命令を受け、引っぱり出されたのだ。

ティベッツはペンキ工に一枚の紙を渡し、「これをあの機に大きくきれいに書け」と言った。

その紙には「ENOLA《エノラ》　GAY《ゲイ》」と書いてあった。ティベッツの母親の名だ。機体に書かれた「ENOLA　GAY」は、彼の母親に対する尊愛のしるしであったが、また彼自身にとって、この攻撃任務が決して安全なものではないと思っていたことの表れでもあった。

六日、午前二時四五分、テニアン島北飛行場――

「さあ行こう」

機上のティベッツは副操縦士のルイスに言って、スロットル・レバーを前に押し、全開にした。

原子爆弾の存在は機長のティベッツ以外秘密にされていたが、このB29に積みこまれたものが「ずば抜けて性能のいい新型爆弾だ」ということは、九人の乗組員の全員が推測していた。

新型爆弾は、全長三メートル、直径七〇センチ、重さが四・〇五トンもあるのに、「リトルボーイ(ちびっ子)」と名づけられていた。

同日、午前八時一四分――

高度一万メートルで飛行をつづけた「エノラ・ゲイ」のファインダーの中に、広島市が入った。照準点であるT字形の相生橋《あいおい》が照準器の十字線に重なろうとしていた。

午前八時一五分一七秒――

「エノラ・ゲイ」の爆弾倉の扉がパッと開き、新型爆弾は、止め金を離れて落下した。人類の頭上に最初の原子爆弾が落とされた瞬間だ。

広島に投下された原子爆弾「リトルボーイ」(レプリカ)。

原子爆弾は投下から四三秒後、相生橋から約二五〇メートル離れた、嶋医院の真上五八〇メートル上空で爆発した。キノコ状の雲の高さは、「エノラ・ゲイ」の飛行高度を五〇〇〇メートルも上回る、約一万五〇〇〇メートルに達した。

搭乗員の一人、ディック・ネルソンの回想によれば、眼下の「都市は、一面炎と埃《ほこり》に包まれ」、ヴァン・カークには、「まるで煮えたぎったポットみたい」に見えたという。

高度約一万メートルの「エノラ・ゲイ」からは、見分けることのできるものがほとんどなかった。

一九四五年八月六日、午後二時、テニアン——

「エノラ・ゲイ」が所属する米空軍第五〇九航空部隊の調理場では、午前一〇時半に攻撃成功の第一報が入るとすぐ、給養係将校のチャールズ・ベリーがコックたちに向かって叫んだ。

「パーティーの始まりだ！」

テニアン島では原爆搭載機の帰還を迎える準備がとどこおりなく進められていた。テニアン島始まって以来の「大ごちそう」に一人あたりビール四本が支給され、さまざまな祝賀のプログラムが用意された。

帰還するや否や、九人の乗組員たちは出迎えの連中から質問攻めにあい、そのまま帰還報告会議に臨んだ。会議はウィスキーやタバコがふんだんに出て、のんびりした肩の張らない雰囲気であった。そして、会議が終わる頃にはパーティー会場の雰囲気は最高潮に達していた。

しかし、そんなことはもうどうでもよかった。機長のティベッツをはじめ、「エノラ・ゲイ」の乗組員たちがひたすら望んだことは、眠ることであった。彼らはパーティー会場には顔を出さず、自室のベッドに横になるが早いか眠ってしまった。

その頃、彼らが投下した原爆によって、海の向こうの広島で阿《あ》鼻叫喚《びきょうかん》の地獄絵が繰り広げられていることなど、想像すらし得なかったのである。

（参考：『原爆体験記』朝日新聞社　『エノラ・ゲイ』ＴＢＳブリタニカ　『広島・長崎の原爆被害』岩波書店　『拒絶された原爆展』みすず書房）

南太平洋のテニアンにある米空軍基地。

原子雲の下の詩人たち

慟《どう》哭《こく》（長編詩『慟哭』より）

大平数子

しょうじ　よう
やすし　よう
しょうじ　よう
やすし　よう

しょうじ　よおう
やすし　よおう
しょうじぃ　よおう
やすし　よおう

しょうじぃ
しょうじぃ
しょうじぃぃぃ

『少年のひろしま』１９８１・６

しょうじ＝昇二・次男。
やすし＝泰・長男。

失ったものに（長編詩『慟哭』より）

大平数子

びわの花がさいたら
もも山のももが咲いたら
はらんきょうが小指の先になったら
おまえたち
もどってきてくれ

『少年のひろしま』1981・6

はらんきょう＝スモモの一種。巴旦杏《はたんきょう》ともいう。

風

大平数子

背戸の戸をたたくのは
だれ
コト　コト　コト　コト
ゆすぶっていくのは
だれ
母さんは内職の仕事をしているよ
母さんは待ってるよ
母さんはパンツもシャツもまだ持ってるよ

『広島の詩』1955・8（『日本原爆詩集』）

声なきものの（長編詩『慟哭《どうこく》』より）

大平数子

みんなにもう忘れられて
埋もれてしまった仏たち
小学校の運動場に
お寺の床下に
ほったらかしの仏たち
なんぼうにも　むごいよ
あなたたちの上に
いくたび雪がつもり
そして消え
いくたび　風が吠えつづけ
そして　止み
今日　ヒラ　ヒラ　ヒラ　ヒラ
赤い旗がはためき
満開の桜の花

Kazuko Ohira

大《おお》平《ひら》数《かず》子《こ》
（一九一三〜一九八六年）


広島県生まれ。旧姓山田。

出産を控えて大平数子は長男泰を連れ、爆心地から二・五キロの己斐《こい》町（西区）の実家に帰っていた。広島に原爆が落とされたとき、一九四五年八月六日、数子は三二歳だった。

榎町（中区）で雑貨商を営んでいた夫昇とは一

小学校に新しい一年
仏たち　月のいいばんには
ゆうれいになってやってこい
母さんと話そうよ
後向きになって話そうよ

『少年のひろしま』

カ月後に、胎内被爆の次男昇二とは翌年に死別。

被爆四年後、数子は肺結核を発症し、人里離れた療養所で、長男泰とも別れて暮らすことになった。

めいの高石玲子さんが見舞うと「夜が長い」と、集めた紙切れに詩を書いていたという。

「慟哭」は、原爆で家族離散を強いられた病床の中から生まれた。

残された一人息子とようやく一つ屋根の下で暮らせるようになったのは、泰が高校に入学した夏。被爆からすでに一三年がたっていた。

療養所から戻った数子は広島市の児童館に勤め、結婚した長男夫婦と同居し、平穏な生活を手にする。

やがて「慟哭」は歌曲となり、英訳される。国際平和年の一九八六年、日本原水爆被害者団体協議会などの集会で行われた吉永小百合による朗読で、広く知られるようになった。以後、CDや教科書にも収録され、「慟哭」はヒロシマを代表する詩となった。

大平数子が長男泰に語った最期の言葉は「一生懸命に生きてきたよね。ありがとう」だったという。長編詩『慟哭』は全一七章からなり、創作ノート一〇冊が原爆資料館に所蔵されている。

息子よ

保田綾子（菓子商五一歳　一人息子を失う）

「おかあさん　僕　助かって帰ったよ」と
真白いシャツを　朱に染めて
頭からも　顔からも血を流しつつ
素足のままで　帰って来た
お前。
ばらばらに折れ重なった軍事工場の焼けた鉄柱の下から、
ずるりとはげる生皮もかまわず
夢中で、母の所にかけつけた息子。
「一人だけ助けるのが　やっとだったよ」と
血ににじんだ眼はきびしかった
息子よ、
お前は、同じ学徒動員の友達を一人でも多く
助けたい気持で一ぱいだった。
だが　体はそれ以上に燃える程熱かった。

貯水槽の水を幾回頭からかぶったのだろう。

それに
息子よ、
この黄色い水腫れは、
南京虫の食ったような体中の斑点は、
語る度に破れた歯茎からふきでる血は、
ちびちびと出る真赤な尿は、
体中の痛みは、
お前の呻きは、
一体　何のためなのか、
抱きしめようとする母の愛情に、
やさしくする母の手に、
お前の体は、はげ　髪がぼろぼろと
抜け落ちるのは。

息子よ、
生命《いのち》の身代りを望む母の果《はて》なき祈りを
そらみみにして
お前は、この世の明るさを、それに
燃えるような喉をうるおすみかんの汁を
求めつづけた。

一面、焼けただれたこの街に、
焼け残った人々のかすかな生命《いのち》しかないことを、
お前は知らない。
鉄骨だけになったこの病院の室の中にも
お前の痛みを、お前の渇きを、
いやす何もないことも。

唯、唯、今　母は祈るのみ
焦げ果てた天地を仰ぎ地に伏して
奇蹟ということを。

「お母さん　暗いね」
再び　ささやくお前の唇は、ぼろぼろに裂け
赤い肉がたれさがっていた。
やっと看護婦さんにもらった一本のローソクをつけては消し　消してはつけて
お前の求める明りをやっとでかなえ
だが、
ローソクの火の様に
お前の生命《いのち》は大きく左右にゆれていた。
姉のことを　兄のことを　弟の無邪気さを
細々と語る
お前は、何も知らない。
幾万の怨霊《おんりょう》が一度に、どっとくずれたことも。
お前が求める　何も与えないで
それに
何も知らないで

死んでいった息子よ、
「何んのために死なねばならなかったの」
母は今日も又、こう問うのです
明日も　又　こう問いつづけるでしょう、
そして
一人の息子を失った　母の痛みを
力一っぱい　語りつづけて
「もう原爆は　やめて下さい」と
血の涙で叫けばずには居られない。

『原子雲の下より』

41年1月5日

名越 操

わたしはいつも史樹を抱いてねた。
いつかは再発するのだ。その日が、
いつ来るのか——
もしも
わたしのこの腕から
史樹が逝《い》って
しまうなら
史樹が逝って
しまうなら
史樹を抱いて
化石になりたい

『ぼく生きたかった』1968・7（『日本原爆詩集』）

震える花

村木三郎

弟が
……僕の父ちゃんは？……
ときいたら
母ちゃんは庭の白菊を摘んで
僕たちを
大阪銀行の前へ連れていってくれた
石段の影を指さして
……これが明ちゃんの
父ちゃんなの……？……
母ちゃんを見たら
目に一杯涙を浮かべて
胸にだいた白菊を
ブルブル震はしてゐた
それは僕が十一の時だった。

それから二年ほどたって
病気（原爆症）がひどくなった
母ちゃんは
……誰がこんなにしたんだろう……
つぶやきながら
死んでいった。

あれからもう三回も
庭の白菊が咲いいた。

大阪銀行の前の
母ちゃんの胸で
震えてゐた白菊
棺桶の中の
母ちゃんの胸に　冷たく
咲き乱れてゐた白菊
父ちゃんが植えた白菊は、今日も又
震えながら
咲き乱れてゐる。
……誰がこんなにしたんだろう……
母はそう云って死んだ
僕にもいつかわかるだろう
その時、弟よ、
その時まで泣くまい。

『行李の中から出てきた原爆の詩』

石段の影＝被爆直下だったため石段にいた人の痕跡が影となって残った。

焦土を拾う——長崎の或《あ》る未亡人に代って

町田トシ子

嘘《うそ》です！
あなたが「原爆死」なんて
うそです！
あの朝、あなたは沢山の書籍を積んだ荷車を押して
疎開《そかい》地への坂をお登りになった筈ですもの
いつかきっと帰っていらっしゃるのです
私の美しい痴呆《ちほう》の虹は消えませぬ
町の人は〝もう百ヶ日〟だと云います
ばかな！　あなたが死ぬなんてこと
私には夢がもっとも現実なのです
いつかきっと帰っていらっしゃいます
あなたが、あなたが
肉片もとどめぬ虚空に散華なさったなんて……
うそです！

うめぼし

池田ソメ

そりゃ　あの時ゃ　ナンデガンスヨ
茶の間のガラス戸棚といっしょに
ころげたんでガンス
ガラガラ　ガラガラ　揺れる拍子に
屋根の上へ　ずり出たんでガンス
ずり出る言うても　出られぁしまへんけ
出して貰うたんですよね　まあ
神さんか仏さんかに

やれ難儀や　やれ痛や
早う息が切れりゃ
参らせて貰えるんじゃにと

せめて土でも――と人々は浦上《うらかみ》の土をひろいます
風の中で寒々と〝百ヶ日〟とつぶやき、泣き
私は見続けて来た夢を破られるのが不平ながらも
人なみに浦上へ行きました
小さな骨壺の中で
土くれのあなたは音も立てないんですもの
あなたのお好きだった山茶花《さざんか》の丘の
キリシタン墓地へ、夢をつれて私は登りましたけれど
ああ、山茶花なんて見つかりません
カタリナ信子　三十八才
セシリア豊子　十九才
丘の墓石は一斉に横倒しとなったままでした
まあ、この墓の土のしめっぽさ！

『郷愁の長崎』１９４５・11（『日本原爆詩集』）

散華＝戦死の意味。
浦上＝長崎市内の爆心地に近い地名。浦上天主堂。

梅干《うめぼし》を口に入れて貰うたんは
三日めの朝でガンシタ
「この婆さんは死んでしもうたか
かわいそうに
南無《なむ》アミダ　南無アミダ」
と　わしの顔を撫《な》でんさった

「生きとる　生きとる」言うたら
大けな梅干を
わしの口へ　呉《く》れんさった

梅干言うもんは　ええもんでガンス
その梅干の　おかげでガンシタ
わしは元気が出ましてなあ

『広島詩集』１９６５・８（『日本原爆詩集』）

コレガ人間ナノデス（『原爆小景』より）

原 民喜

コレガ人間ナノデス
原子爆弾ニ依ル変化ヲゴラン下サイ
肉体ガ恐ロシク膨脹シ
男モ女モスベテ一ツノ型ニカヘル
オオ　ソノ真黒焦ゲノ滅茶苦茶ノ
爛《タダ》レタ顔ノムクンダ唇カラ洩レテ来ル声ハ
「助ケテ下サイ」
ト　カ細イ　静カナ言葉
コレガ　コレガ人間ナノデス
人間ノ顔ナノデス

『定本　原民喜全集』第三巻

Tamiki Hara

原《はら》 民《たみ》喜《き》（一九〇五～一九五一年）

広島市生まれ。広島市で被爆。

一九四五年八月六日、広島上空を覆った閃光の真下で被爆しながら、奇跡的に死を免れた詩人は、まるで生涯の力をすべて注ぎ込むように、小説「夏の花」（一九四七年）を発表。この、人類未曽有の苦しみを目の当たりにした体験を描いたこの作品は、透き通るように美しい文体で描かれ、第一回水上滝太郎賞（一九四八年）を受賞する。

『歴程』二月号に「碑銘」（詩）を発表した原はこの年、一九五一年三月一三日にすべてを書き終えて永遠の世界へ旅立つことを願い、国鉄（現JR）中央線の西荻窪―吉祥寺間の鉄路に身を横たえた。享年四六歳。原子雲の下から生還してわずか六年だった。

死後数々の遺稿が発見され、「永遠のみどり」（『原爆小景』に収録）はのちに作曲家林光によって曲がつけられた。

原民喜については義兄の文芸評論家・佐々木

喜一をはじめ多くの評論家や作家が書いているが、晩年親密であった遠藤周作氏の一文（『影法師』所載）が人となりを知る上で秀逸である。『定本　原民喜全集』全三巻＋別巻、小説集『夏の花』がある。

水ヲ下サイ（『原爆小景』より）

原 民喜

水ヲ下サイ
アア 水ヲ下サイ
ノマシテ下サイ
死ンダハウガ マシデ
死ンダハウガ
アア
タスケテ タスケテ
水ヲ
水ヲ
ドウカ
ドナタカ

オーオーオーオー
オーオーオーオー

天ガ裂ケ
街ガ無クナリ
川ガ
ナガレテヰル
オーオーオーオー
オーオーオーオー

夜ガクル
夜ガクル
ヒカラビタ眼ニ
タダレタ唇ニ
ヒリヒリ灼《や》ケテ
フラフラノ
コノ メチヤクチヤノ
顔ノ
ニンゲンノウメキ
ニンゲンノ

『定本 原民喜全集』第三巻

自画像

神田周三

世の中が一瞬に
濁《にご》った黄色い街に変った
へし折られた電柱が　真赤に燃え
人が　馬が　犬ころが
真黒くなってころがった。
これは　何のことか　判らなかった。
壊れた家から可憐《かれん》な焔《ほのお》が幻のように
ぱっと光り
その火焔が　狂舞乱舞して　天を焦した。
これは　何のことか　判らなかった。
両頬から首にかけて　うす黒く染って
二筋　三筋の　赤いなま血
着物も　モンペも
ぼろぼろに　焦げちぎれた。
これは　何のことか　判らなかった。

純白な乾いた　光
無言の太陽
黄色く　濁った　往来
たった　ひとり
じりじり　痛む　顔で
夢中に走った
これは　八月六日の朝の自画像だった。

『広島の詩』1965・8（『日本原爆詩集』）

八月六日

峠 三吉

あの閃光《せんこう》が忘れえようか
瞬時に街頭の三万は消え
圧しつぶされた暗闇の底で
五万の悲鳴は絶え

渦巻くきいろい煙がうすれると
ビルディングは裂け、橋は崩れ
満員電車はそのまま焦げ
涯しない瓦礫《がれき》と燃えさしの堆積であった広島

やがてボロ切れのような皮膚を垂れた
両手を胸に
くずれた脳漿《のうしょう》を踏み
焼け焦げた布を腰にまとって

Sankichi Toge

峠《とうげ》 三《さん》吉《きち》
（一九一七〜一九五三年）

大阪府生まれ。六歳から広島市に暮らし、広島で被爆。

あまりにも有名な、あの『原爆詩集』冒頭の詩が峠三吉の詩人としての始まりではない。彼の詩人としての創作の多くは、広島に住み、戦争を迎えた、その間になされている。ただ、一九四五年の八月六日は、彼の人生の大きな転機になったことは事実である。

峠が詩を作り始めたのは一四歳のとき。一八歳で広島県立商業学校卒業後、のちに誤診と判明するも肺結核と診断され、ほどんど寝たきりの生活をおくる。病床で詩、短歌、俳句を書き、新聞・雑誌に投稿をつづけた。

二五歳のとき、キリスト教の洗礼をうけてクリスチャンになる。

原爆に遭遇したのは二八歳のときだった。ガラスの破片で傷つき、以後、下痢などの原爆の後遺症に悩まされながら、詩作活動、文化活動に精力をそそぐ。

泣きながら群れ歩いた裸体の行列
石地蔵のように散乱した練兵場の屍体
つながれた筏《いかだ》へ這いより折り重なった河岸の群も
灼けつく日ざしの下でしだいに屍体とかわり
夕空をつく火光の中に
下敷きのまま生きていた母や弟の町あたりも
焼けうつり

兵器廠《しょう》の床の糞尿のうえに
のがれ横たわった女学生らの
太鼓腹の、片眼つぶれの、半身あかむけの、丸坊主の
誰がたれとも分らぬ一群の上に朝日がさせば
すでに動くものもなく
異臭のよどんだなかで
金ダライに飛ぶ蠅の羽音だけ

三十万の全市をしめた
あの静寂が忘れえようか
そのしずけさの中で
帰らなかった妻や子のしろい眼窩《がんか》が
俺たちの心魂をたち割って
込めたねがいを
忘れえようか！

『原爆詩集』

一九四九年、三二歳の四月には喀血し死の危機にみまわれる。死ととなりあわせの中で多くの詩を書き、発表しつづけた。

一九五一年、三四歳のとき『原爆詩集』をまとめあげる。

一九五三年三月九日、肺葉摘出手術の途中で死去。享年三六歳だった。

フランスの詩人、アラゴンの詩「髪にそよぐ風のように生き、燃えつくした炎のように死ぬ」をとても愛し、そのように生き倒れた人生だった。

生ましめん哉《かな》

——原子爆弾秘話——

栗原貞子

こわれたビルディングの地下室の夜であった。
原子爆弾の負傷者達は
くらいローソク一本ない地下室を
うずめていっぱいだった。
生ぐさい血の臭い、死臭、汗くさい人いきれ、うめき声。
その中から不思議な声がきこえて来た。
「赤ん坊が生まれる」と云《い》うのだ。
この地獄の底のような地下室で今、若い女が
産気づいているのだ。
マッチ一本ないくらがりの中でどうしたらいいのだろう。
人々は自分の痛みを忘れて気づかった。
と、「私が産婆《さんば》です。わたしが生ませましょう」

Sadako Kurihara

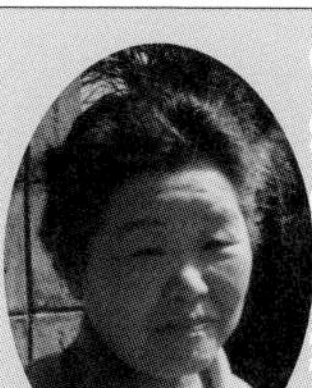

栗《くり》原《はら》貞《さだ》子《こ》
（一九一三～二〇〇五年）

広島市に暮らし、被爆。

栗原貞子は一九一三年三月四日、広島県広島市で生まれ、創作活動を始めたのは一七歳のとき。

爆心地から四キロ離れた自宅で被爆してから、原爆詩人として反戦・平和を訴えつづける。

一九九〇年、第三回谷本清平和賞受賞。二〇〇五年三月六日老衰のため広島市内の自宅で死去。享年九二歳。

代表作「生ましめん哉」は架空の物語ではない。

原子爆弾が投下された夜、被爆者の一人が突然産気づき、同じ防空壕に避難していた産婆（現在の助産師）が、重体の身でありながら無事に子どもを取り上げる。

栗原貞子は、広島市千田町の郵便局地下壕で実際に起った出来事に脚色を加え、「生ま

と云ったのは、さっきまでうめいていた重傷者だ。
かくてくらがりの地獄の底で新しい生命は生まれた。
かくてあかつきを待たず産婆は血まみれのまま死んだ。
生ましめん哉《かな》
生ましめん哉
己《おの》が命捨つとも

『原爆詩一八一人集』

産婆＝助産師の古い呼び名。

しめん哉」を創作した。

現実の産婆は生存し、子どもと再会したと伝えられる。

日本郵政株式会社中国支社敷地内にある「郵政関係職員慰霊碑」の側に、「生ましめん哉」の歌碑が建てられている。

二〇〇五年大晦日に放送された第五六回NHK紅白歌合戦の番組内で、「生ましめん哉」は吉永小百合によって朗読された。

詩集『ヒロシマというとき』、『核なき明日への祈りを込めて』がある。

無題メモ

栗原貞子

一度目は　あやまちでも
二度目は　裏切りだ
死者たちへの
誓いを忘れまい

『原爆詩一八一人集』

短歌

抜けた毛を

山中武子

前をゆく　ぼろぼろの腕に　赤児抱く　若き母の面《も》　鬼のごとくに

焼けた手を　前に差し出し　うつろなり　炎のがれる　地獄絵のさま

泥色の空より降りくる黒い雨　火傷《やけど》の肌にたたき流るる

声もなく　見上げる瞳の　幼な子の　母はいずこと　四辺《あたり》見廻す

トビ口《ぐち》で　はみ出す手足を　炎《ひ》の中へ　投げ込む兵士　黙し喋らず

うず高く　積むや屍体に　兵隊が　重油かけるや　炎が叫ぶ

弟と　母の火傷の　看病に　未だ還らぬ　姉も肩に重たし

蒼白き　炎は空を　こがすなり　あれは昇天の　屍者の怒りか

庭石を　枕に死せる　幾体を　脇にかかえた　十四歳の夏

朝ふいた　火傷の肌に　夕べには　膿《うみ》の間に間に　うじ虫の這う

抜けた毛を　手のひらに見る　月あかり　明日はあるかと　夜半のつぶやき

又抜ける　髪を頭に　押し当てて　もう抜けないで　神様助けて

水くれと　せがみ横たう　中学生　まなざし弱く　みじろぎもせず

いつの世も　むごき事なり　戦争は　生ある者を　みな殺し果つ

坐したまま　男女も判らず　焦げし人　市電の中に　まなこみひらき

下痢もあり　毛も抜けつづく　疲れし今日　迎えた十五も　終るか人生

悪夢なり　忘れろ忘れろと　奥歯噛む　嘆きも恨みも　すべて押し込む

声しぼり　姉をさがせと　母が泣く　金紗《きんしゃ》の袷《あわ》せ　携《も》ちてさがしに

あの時に　巨大に拡がる　きの子《ママ》雲　瓦礫《がれき》の下では　見る由もなし

やまなか　たけこ（一九三〇年〜）
一四歳のとき広島にて被爆。現在東京都杉並区に暮らす。

『耳鳴り』より

正田篠枝

●原爆投下

ピカッ　ドン　一瞬の寂《せき》　目をあけば　修羅場《しゅらば》と化して　凄惨《せいさん》のうめき

木ッ葉みぢん　崩壊の中に　血まみれの　まっ青《さお》の顔　父の顔まさに

奥さん奥さんと　頼り来れる　全身火傷や　肉赤く　柘榴《ざくろ》と裂けし人体

血まみれの　父がカッター　引きさきて　わが肩の血を　止めむと結ぶ

カッター＝カッターシャツ。ワイシャツの一種。

●地獄の広島

天上で　悪鬼《あっき》どもが　毒槽を　くつがえせしか　黒き雨降る

燃える梁《はり》の　下敷の娘　財布もつ手をあげ　これ持って逃げよと　母に叫ぶ

炎なか　くぐりぬけきて　川に浮く　死骸に乗っかり　夜の明けを待つ

夢の中か　現実かまさに　限の前に　耳まで口裂けし　人の顔面《かお》

●急設治療所

背負われて　急設治療所に　来てみれば　死骸の側に　臨終の人

子をひとり　焔《ほのお》の中に　とりのこし　我ればかり得たる命と　女泣き狂う

食塩水で　洗いつつ　肩の肉裂けし傷に　くいこむ硝子《がらす》破片をさぐる

傷口を　縫う糸も　これでもう無いと　医師つぶやけり　手あてなしつつ

治療済みて　炎天の下に　出てみれば　蜿蜒《えんえん》長蛇の　負傷者つづく

●戦争なる故にか

ズロースもつけず　黒焦《くろこげ》の人は　女《おみな》か　乳房たらして　泣きわめき行く

石炭にあらず　黒焦の人間なり　うずとつみあげ　トラック過ぎぬ

子と母か　繋《つな》ぐ手の指　離れざる　二つの死骸　水槽より出ず

ズロース＝女性用のゆったりとした下ばき。

●生き残る者の苦

川中に　浮かべる死骸　引きよせて　処理する兵の顔　青くひきつる

一日中　死骸をあつめ　火に焼きて　処理せし男　酒酒とうめく

酒あふり　酒あふりて　死骸焼く　男のまなこ　涙に光る

●やりきれません

人間の一番　嫌いなことは　死ぬことで　あります
一番　嫌いなことが　必ずあります

必ずあると　いい切れる　言葉は　死ぬことだけに
あると　思います

なんとした　困った　ことで　ありましょう
一番　嫌いなことを　あんなに　沢山　やられて
しまう　原爆なんて　たまりません

その上に　そのために　一番　嫌いな　ことが　ぽつり
ぽつり　後を　引いて　起きては　やり切れません
たまりません

●貧しき学徒の母

食べたいと云ひし　トマトを与へざりし児の　うつしえに　母かこち泣く

帰りて食べよと　見送りし子は　帰らず　仏壇にそなふ　そのトマト紅く

焼死せし　児が写真の前に　トマト置き　食べよ食べよと母泣きくどく

『さんげ』より

正田篠枝

●愛しき勤労奉仕学徒よ

可憐なる　学徒はいとし　瀕死のきはに　名前を呼べば　ハイッと答へぬ

臨終を　勤労奉仕隊の学徒は　教師に　ひたとだきつきて死にぬ

大き骨は　先生ならむ　そのそばに　小さきあまたの骨　あつまれり

焦土に　うもれゐし　教師の鞄《かばん》より　一冊の学童成績表　いでくる

焼けただれて　瀕死のきわに　祖国日本を　たのむと云いて　学徒は息切れぬ

目玉飛びでて　盲《めしい》となりし　学童は　かさなり死にぬ　橋のたもとに

『百日紅《さるすべり》』より

正田篠枝

●耳鳴り

夜の更けを　たぎつ湯釜よ　被爆後の　われの耳鳴る　耳のごとくに

じんじんと　こころの奥は　暗くして　さびし耳鳴り　ただわれのもの

きのこ雲　のぼりしかの日も　暑かりき　その日よりつづく　わが耳鳴りは

原爆後遺症　貧血のための　耳鳴りは　孤独のこころに　ひとしおひびく

耳の奥に　鳴りて止まざる　このリズム　わがものとして　いとしみ久し

耳なりも　聞こえずなりし　ときこそ死　そのさみしさを　ひとり思いぬ

わが病　医師は直接　告げ給わず　家族より聞く　癌《がん》が骨おかし　始めしと

散る桜　残る桜も　散る桜　ひとあしお先に　ごめんください

●香椎《かしい》の家

死ぬるとは　思わぬゆえに　死ぬ話し　微笑みはすれど　涙がにじむ

原爆症　乳癌検診　手術跡のしこり　独りさわりぬ　コスモスゆるる

櫛の歯が　四本折れぬ　この朝《あした》　医師の告げたる　乳癌にこだわる

ゆく秋の　夜に鳴くひとつ　こおろぎよ　お前元気か　問わずにいられぬ

よこたわり　蒲団《ふとん》の下に　掌《て》を合わし　息止め骸《むくろ》の　まねをしてみぬ

Shinoe Shoda

正田《しょうだ》篠枝《しのえ》

（一九一〇〜一九六五年）

広島県安芸郡江田島村生まれ。

一九四五年八月六日、篠枝は爆心地から一・七キロの自宅で、父逸蔵とともに被爆する。気を失って二時間ぐらいあと、現場を去る時に地獄絵を目撃する。

夢の中か　現実かまさに　眼の前に　耳まで口裂けし　人の顔面《かお》

一九四七年、被爆の体験を歌った歌集『さんげ』一〇〇部を、戦後のプレスコード（検閲）を避け秘密出版。

激しい耳鳴りなど、原爆の後遺症に悩まされつつも、篠枝は精力的に短歌やエッセイを発表し続ける。一九六二年には平凡社より『耳鳴り――被爆歌人の手記』を刊行した。

しかし、一九六三年八月五三歳のとき、完治する見込みのない原爆症の乳ガンと診断される。

月尾菅子の案内で歴史学者中村孝也を訪問、徳川家康の一万名号日課念仏の話を聞き感銘を受ける。死を悟った篠枝はすぐに書写を開始し、一九六五年（五五歳）一月「三十万名号日課念仏」を成就させた。

同年六月一五日、「原爆はわたしの躰をボロボロにしたが、わたしの心までは破壊することはできなかった」と言い遺《のこ》して、乳ガンのため広島市平野町の自宅で死去。享年五四歳。墓碑は広島県安芸郡江田島町秋月にある。

一九六六年、遺稿集『百日紅―耳鳴り以後』を文化評論出版より刊行。

一九七七年、童話集『ピカッ子ちゃん』を太平出版社より刊行。

三十万名号日課念仏＝「南無阿弥陀仏」を毎日書き続け、三〇万回に達すること。

腕時計

半溶融したビン塊

兄の死――『曖光《あいこう》二十年』から

石田 明

からだがだるい
「明　からだを大事にせえよ」
兄は　わたしに栄養をつけさせようと　暑い中を「うなぎ」をとりに川へ行く
「兄さん　こんなに髪がぬけたで――」
「そんなバカなことが――」
二人で髪を引っぱり合った　一つかみごとにぐっさり抜ける
音を立てるように　一つかみごとに抜ける
数日のうちに　二人の髪はほとんどなくなった
「おい　気もちがわるいのう」
寝返りをうつたびに　わずかに残っていた髪が枕カバーに散る
二つの丸坊主が　六畳の間で話した
死んだ浜田の才さんも　髪がほとんど抜けていた――
死の順序が　二人に一歩一歩迫ってくる
不気味な死の予感――

「おい明　これみてみい」
兄の腿《もも》に小豆《あずき》のような斑点《はんてん》が一つ二つ
「こりゃなにかの――」
「死んだ人にもこんなのがあるげなで――」
「気もちがわるいのう」
わたしもそのころ　腋《わき》の下に小さい血の点がふきはじめる
兄のは大きく　急速に全身にひろがっていく
意識だけは至極たしかなのだが

八月末　兄の容体はいよいよ悪化した
「明　わしァ死ぬるんだろうて――」
「ばか言うな」
死の淵をさまよう二人は　気力もなく話す

九月に入った
二日
兄は　青年団の人たち　近所の人たちにしきりに会いたがった
みんな集まった

兄は　ひとりひとりにかすかな声で礼を言う
「みんなようかわいがってくれたのう――」
――務さん　がんばりんさい――

「明　ちょっときてくれ」
「明……」
兄は最後にわたしを呼んだ
冷たい　しわのよった青い手が
しっかりわたしの手をにぎった
「お父さん　お母さんのことをたのむで
アメリカに仇を討ってくれよ……」
泣き伏すわたしを　父や母が引きはなす
「死んではいけんよう――
…………」

兄は　こうして死んだ

『スクラム』1965・10（『日本原爆詩集』）
『曖光二十年』＝自らの被爆体験をうたった長編詩。

Akira Ishida

石《いし》田《だ》　明《あきら》
（一九二八～二〇〇三年）

広島県生まれ。広島市で被爆。

石田明は爆心地からわずか七三〇メートルの電車の中で被爆した。被爆後、すべての髪が抜け落ちるなど、生死の狭間をさまよいながら奇跡的に命をとりとめた。教師になってからは軍国少年だったことの反省から、被爆教師として平和教育に努めるとともに、平和運動・護憲運動に尽力した。

一九六六年に長編詩「曖光二十年」で日教組文学賞受賞。

一九七三年、厚生省が三度にわたり原爆白内障の認定申請を却下したことに対し、その処分の取消を求めて広島地方裁判所に提訴（石田原爆訴訟）。一九七六年の石田原爆訴訟に勝訴する。一九八三年、広島県議会議員に初当選。以後五期連続当選。原水爆禁止広島県協議会代表委員、憲法を守る広島県民会議代表委員、全国原爆被爆教職員の会会長などを歴任。『被爆教師』『ヒロシマの母の遺産』などがある。

影

石田 明

兄の棺が出る
窓にしがみついて　兄の棺を送る
ありったけの声をしぼって
ありったけの涙をしぼって　兄の棺を送る

その夜から身体の赤い斑点は大きくなり
全身にひろがってきた
血便がとめどなく出る
食べるものは一切うけつけない
顔がしびれてくる
崖から落とされるように　身体が沈んでゆく
天井がぐるぐる舞う
そんな感じを最後に　わたしは意識を失っていった

再び意識をとりもどしたとき
――それは二週間くらいも経っていたらしい――
カンフル注射で両腕はふくれあがり
リンゲル注射で両腿は紫に光っていた
毎日　吉田という看護婦さんが来て
腸を食塩水で洗ってくれる
黒いゴム管を肛門から入れて腸を洗うのだ
暗い　恐怖を超えた何日かだった
生と死とが意識の外で交錯する　何月かだった――

『スクラム』1965・10(『日本原爆詩集』)

初毛《うぶげ》が生えた

石田 明

手鏡で　寝床の中の自分の顔をみるのが
毎日のくせになった
丸い　母の髪の匂いのする手鏡だ
落ちこんだ目
灰色がかった顔
それを漠然とみつめる毎日がつづく
全身がしびれて昏睡《こんすい》におちた日から
もう一年　たったろうか
なおも天井がぐらぐら舞う

ある朝
それは　顔をタオルでぬぐったあとだった
例によって手鏡をとった
その中に　わたしは

丸坊主の頭の一部に羽毛のようなやわらかな毛髪を発見した
〝お母さん　髪がはえたよ〟
みつけた数本の初毛を　指の先でしっかりとつまんだ
光ってみえる
もう一生禿頭《はげ》だという話もきいた
だが　一本　二本
鏡の中にはっきり　やわらかな生きた髪が甦っている
生きたのだ
お母さん　生きたんだ!
髪、髪が生えた　体中が歓喜だ
死の影を　ついにふりきったのだ

毎日毎日　ところどころに生え
次第に黒味をましてゆく髪を　鏡でのぞく
赤い斑点もノミのくい跡くらいに小さくなった
歩いてみたい
力を失った脚をひきずり
床からはい出ては柱にしがみつき
立つ訓練をはじめる

一ヶ月たった
思いきって柱から手をはなしてみた
両脚が伸びた　ようやく伸びた
お母さん　立てた——　田んぼがみえた——
山がみえた——
再び起つ!　わたしの生命を　しっかりささえて
両脚が立った
六畳の間を　一歩　一歩　赤ん坊のように歩く

『スクラム』1965・10(『日本原爆詩集』)

記録

土井貞子

1

福屋二階
爆心地より七百五十米《メートル》にて被爆
と書いてある私のカルテ
四六〇〇、一〇二〇〇、三八〇〇、九〇〇〇、四〇〇〇、……
一週間ごとに示す
白血球数の変化を
したたる鼻血におびえながら
私はくらくみつめる

ゲンバクショウ！

2

微熱

胸苦しさ
安静にしていても
脈の結滞《けったい》になやまされ
脚に手にういてくる紫斑に
きざまれる不安が

再生不良性貧血！
輸血を受ければ
ジンマシンにかかり
ふるえと高熱に苦しみ

やがて同型の血液でも合わなくなった
——異常血液になっているな
と　ごくあたりまえのようにいう
医師のことば

3

おもえば
原爆の一閃に
生命たえた
父母よ　妹よ
生きていると云うことが
文字どおり苦しみであることを
今きいて下さい！

4

脚の関節も
手の関節も
胸骨も痛み
そして　今は
脊髄《せきずい》までも痛むとき
原対協には予算がない
だから貧血治療以外は自費で——。
なけなしの生活費をさいて
微かな望みをつなぎながら
新薬をもとめるが
その効果のあらわれぬうちに
副作用がつよくて使えなくなる
——異常体質になっているから
まあつける薬も服《の》ます薬もないね
と云う主治医よ

5

もう治療するの　やめようかしら
とても続かないもの

と　かなしく思うことがある

6

マミーよ
その時
私はお前の顔をおもい浮かべるのだ
私はあの子達の勉強もみてやれない
治療費と生活費におわれながら
忙しくあけくれしてる父ちゃんと
淋しく待って居るだろうに
受話器を受けて取ると
父ちゃんをおしのける可愛い声が
――母ちゃん　今ねミルクのんだんよ
その懸命の声！
私がここにくる時はまだ
電話等かけられなかったのに
どんな顔してかけてるのかしら
背のびしているのかな
このときだ
マミーよ
私が白い壁に向ってつぶやくのは
――原爆症なんかにまけるものか
と　ああ　負けるものか！

『広島の詩』1955・8（『日本原爆詩集』）

福屋＝デパートの名。
結滞＝不整脈。

燈《とう》籠《ろう》ながし

小園愛子

ぴかり　ぴかり
ぽっかり　ぽっかり
あおいとうろう
あかいとうろう
ゆうらり　ゆらり
ながれていくの
とおいところへ
ながれていくの
十万おくどへ
ながれていくの
いくつも　いくつも
百も千も万も
もっとたくさん
つづいてながれて
いくのね

それはね
とおいとおいむかしなの
おそろしいげんばくが
おちたの　ひろしまへ
そして一ぱい一ぱい
そのかわで
しんでしまったの
その人たちが　きょうは
十万おくどからひろしまへ
あいにきたの
あかい火をとぼしながら
あおい火をとぼしながら
あんなおそろしい
げんばくなんか
もう
おとさないように
いつまでも　へいわに
ひろしまをまもろうよ
日本をまもろうよ
せかいをまもろうよ
うちゅうをまもろうよ
なみにゆられて
とおいむかしをおもい出して
ささやいてるの

ぴかり　ぴかり

ぽっかり　ぽっかり
あかいとうろう
あおいとうろう
ゆうらり　ゆらり
ながれていくの
とおいところへ
ながれていくの
十万おくどへ
ながれていくの
いくつも
いくつも
百も千も万も
もっとたくさん
つづいてながれて
いくのね

『ひろしまの河』8　1963・8（『日本原爆詩集』）

午前一一時の閃光、長崎

一九四五年八月九日朝、長崎——

原爆が投下される数時間前、長崎市馬町にあった同盟通信社長崎支局は異常な興奮に包まれていた。

「ソビエト政府は八月九日以降、日本と戦闘状態に入る旨宣言」

永野若松長崎県知事（当時）はソ連参戦の情報を聞き、敗戦をはっきり意識した。

「広島の次は長崎が危ない」

知事としての責任から長崎市民を守るべきだと、非戦闘員である老人、子ども、婦女子の退避を決意していたが、あまりにも遅すぎた。

県経済部食料課では、三日前に広島に落とされた新型爆弾の話で持ち切りだった。新型爆弾は、世界の科学者の間で注目を浴びている「原子爆弾」であること、すごいエネルギーを出す恐ろしい爆弾であること、広島で多くの市民が死んだことなど……。

運命の時が刻一刻近づいていることなど、だれ一人知るはずもない。だれかがさらに話をつづけようとしていた時だった。

ピカーッ！　とつじょまばゆい閃光で長崎中が包まれた。

八月九日午前九時五〇分、小倉上空——

チャールス・スィーニー少佐を機長とする原爆搭載機ボックスカーと、観測機のB29二機は、第一攻撃目標の小倉（現在の北九州市）に到達したが、上空は雲に覆われていた。

B29の編隊は一〇分間ほど旋回した後、第二目標の長崎へ向かった。

しかし、長崎の上空も雲に覆われていた。三時間前、観測機からの報告では一〇分の三だった雲の量が約一〇分の九に変わっていたのだ。燃料もあやしくなってきた。重い原子爆弾を積んだままでは燃料が底をつき、基地に帰還できなくなる。命令では目視で爆撃することが求められていたが、

「目視で爆撃できなければ、レーダーでやってくれ」と爆撃の責任者、フレデリック・アッシュワース中佐が言った。

「責任はぼくがとる」

指令部からは目視で爆撃するように命令されていたが、チャールス・スィーニー機長はレーダーで目標を確認し、原爆投下の準備を始めた。そのとき、偶然雲の切れ間を発見した。そこからは、第一目標の三菱重工長崎造船所ではなかったが、第二目標の三菱

テニアン基地の原爆搭載機「ボックスカー」。

重工長崎兵器製作所をとらえることができた。
「しめた。これからやるぞ」
爆撃手のカーミット・ビーハンはそう言い、ボタンを押した。
原爆を投下したボックスカーは急旋回で退避した。

同日午前一一時二分――

長崎に落とされた原子爆弾は、長さ三・五メートル、直径一・五メートル、重さ四・五トン。その丸みを帯びた形状から「ファットマン（ふとっちょ）」と呼ばれた。広島の「リトルボーイ（ちびっ子）」よりも威力があったにもかかわらず、長崎の損害が限られたのは、広島に比べて起伏の多い地形のせいであると言われる。

長崎に投下された原子爆弾「ファットマン」（レプリカ）。

原子爆弾の被害を被ったのは日本人ばかりではない。働き盛りの男たちがみんな兵隊にとられ、人手が足りなくなった広島や長崎の軍需工場では、朝鮮半島や中国大陸から強制的に連行されてきた人々が大勢いた。「華人労務者内地移入に関する件」（昭和一七年一一月二七日）という東条英機内閣の閣議決定によって、たくさんの中国人が日本に連れて来られた。この閣議決定には安倍晋三元首相の祖父、商工大臣岸信介《きしのぶすけ》（当時）の署名もある。

現地で中国人の移送業務に携わった日本軍は、村々から男たちを狩り出して日本に送った。この労工狩り（労働者狩り）を現地で兵たちは「ウサギ狩り作戦」と呼んでいた。

また、それぞれの目標都市にある捕虜収容所には、アメリカ軍将兵、イギリス軍将兵などが捕虜として収容されていることをアメリカは確認していたが、原爆投下にあたってその存在はほとんど無視された。

朝鮮から徴用され、長崎の三菱造船所で被爆した徐正雨《スウ・ジョンウ》さんの話――

「一九四三年四月、面（村役場）から徴用令状が届きました。知人から日本での労働は厳しいと聞かされとったけど、農業はいや気がさしていたので徴用に応じたんです。

……私は約三〇〇人とともに長崎県の端島《はしま》に回されたんです。端島は海中に作られた人工島で、通称〝軍艦島〟といわれたが、そこには朝鮮人もだいぶいました。一種の監獄島だった。陸だと朝鮮人が逃げるので、逃げられないところに入れてやれということで連れてこられたと思うたんです。

……（四、五カ月して）三菱造船所の仕事に行くために幸町の寮に移されました。

……原爆のときは造船所にいてカシメ（コーキング）をしとり

ました。まだ昼前、ピカーと光って、バーッと音がして、町の方が燃え上がったんです。造船所の中のまわりの物が落ちてきました。そこで負傷した者はおらんかったが、幸町の寮に残っていた約一〇〇人は全部死亡したと思うとります」

朝鮮から強制的に日本に連行され、長崎の小さな下請け工場で働いていた李致権さんの話。

「……被爆し、火傷した人が『アイゴ！　ムルラルダー』（水をくれ！）と叫んでいるので、その人が朝鮮人だと知りましたが、朝鮮語で叫んでいるためか、誰も助ける人がいませんでした。焼け跡に、被爆した朝鮮人だけが火傷で動けなくなっているのに放置されているのを見て、朝鮮人だから死んでもかまわないと放っておかれるのだなあと怒りがこみあげてきたのをおぼえています」

三菱重工業長崎兵器製作所の被爆跡。広島・長崎などの兵器工場では、動員学徒や朝鮮などから強制連行された外国人が多数働いていて被爆した。

原爆の犠牲者数（一九四五年末までの推定）――

広島一四万人。

長崎七万人。

広島型、長崎型原子爆弾の爆発点では、瞬間的に温度はセ氏数百万度、気圧は数十万気圧に上昇するといわれ、爆心地から半径五〇〇メートル以内は、人も動物も建物も、一瞬のうちに、完全に、消滅した。

広島・長崎に落とされた原子爆弾によって被害を被ったのは、朝鮮人や中国人、戦時捕虜になっていたアメリカ人、オーストラリア人など、被爆者は世界各国に広がっている。とりわけ朝鮮人被爆者は約七万人といわれている。そのうち四万人が死亡、二万三〇〇〇人が日本の敗戦後故国に帰還している。

戦後六〇年以上も放置されてきた在外被爆者の救済は二〇〇七年一一月、一九人（＊）の元徴用工が国などに賠償を求めた訴訟で最高裁が原告勝訴の判決を行った。

この結果、日本政府は在外被爆者に対する補償法の早急な制定を迫られることになった。

（＊一九九九年の第一審当初の原告は四九人であったが、被爆者の高齢化に伴い減少した）

（参考：『太陽が落ちる』長崎の証言刊行委員会　『長く険しい道』文化評論出版　『広島・長崎の原爆被害』岩波書店　『被爆韓国人』朝日新聞社　『アイゴ！ムルダルラ』二月社）

平和への願い

『原爆詩集』の序

峠 三吉

ちちをかえせ　ははをかえせ
としよりをかえせ
こどもをかえせ

わたしをかえせ　わたしにつながる
にんげんをかえせ

にんげんの　にんげんのよのあるかぎり
くずれぬへいわを
へいわをかえせ

生

峠 三吉

勤めえと　食物あさりえと
出たきり帰らぬ　父をかえせ　母をかえせ。
疎開家屋の材木曳《ひ》きに
隣組《となりぐみ》から学校からかり出され
封筒に入れわけた灰になってかえってきた
としよりをかえせ　子供をかえせ。
髪が抜け落ち斑点がでて
死ぬときめられながら手当てもなく
ぢりぢり死なねばならなかった
わしを　わしの命をかえせ。
蛆《うじ》のように這いいざりより
うじにまみれ
救護所の方に頭をむけ腕をのばし
死んだまま
そのおびただしい死体の群を
かたづけるひとで（人手）もなかった
にんげんの　にんげんたちの
町をかえせ　生をかえせ。

『原爆詩集』の序と「生」

一九八七年八月、峠三吉の甥にあたる三戸頼雄氏宅に残された未整理の遺品の中から、峠三吉のデスマスクやさまざまな手稿、日記、ノート、メモとともに『原爆詩集』の「序」の原型と見られる未発表原稿が見つかった。

峠三吉は、この詩からリアルな状況描写を大胆にそぎ落とし、『原爆詩集』の「序」にふさわしい、抽象的で普遍的な詩をつくりあげたようである。

呼びかけ

峠 三吉

いまでもおそくない
あなたのほんとうの力をふるい起すのはおそくはない
あの日、網膜を灼《や》く閃光につらぬかれた心の傷手《いたで》から
したたりやまぬ涙をあなたがもつなら
いまもその裂目から、どくどくと戦争を呪う血膿《ちうみ》をしたたらせる
ひろしまの体臭をあなたがもつなら

焔の迫ったおも屋の下から
両手を出してもがく妹を捨て
焦げた衣服のきれはしで恥部をおおうこともなく
赤むけの両腕をむねにたらし
火をふくんだ裸足でよろよろと
照り返す瓦礫《がれき》の沙漠《さばく》を
なぐさめられることのない旅にさまよい出た
ほんとうのあなたが

その異形の腕をたかくさしのべ
おなじ多くの腕とともに
また墜ちかかろうとする
呪いの太陽を支えるのは
いまからでもおそくはない
戦争を厭《いと》いながらたたずむ
すべての優しい人々の涙腺を
死の烙印《らくいん》をせおうあなたの背中で塞《ふさ》ぎ
おずおずとたれたその手を
あなたの赤むけの両掌《りょうて》で
しっかりと握りあわせるのは
さあ
いまでもおそくはない

『原爆詩集』１９５２・６

戦争

松井好子

信じられない
信じられない
多くの死者を出した
あのにくらしい戦争を
人間がしたということ
人間がまたはじめているということ
なぜか信じられない

『少年詩集』1966・8（『日本原爆詩集』）

広島

崎本 正

いきなりシャツをぬいだ。背中、ケロイド、日本人も外国人も眼をみはった。

もりあがった肉、まるで月の表面、一面表皮にはしった筋肉のひきつり、あたらしい地図のように。

彼は「こんな体が二度とくりかえされないよう、しっかと見てください」と左のちぢまった手を振り、やがてしずかに服をきた。連邦会議外国代表を囲む会は、その時、だれも口をきかなかった。

『イオム同盟詩集』1957・10（『日本原爆詩集』）

いのり

遠藤春子

夏が来ると
あなたとわたしは
またなんとなくあの日のことを思い出してしまう
あの日、あなたは
……
ひどい閃光を受けて
ひん死の重傷をおい
……
あなたのいのちは
ローソクの淡い光がいくら揺れても消えないように
長く長く燃え続け
その光がやがて強い力となって
あなたは生きた
あなたは生きた――
あなたが生きて私の倖《しあわ》せは訪れた
白い冷たい雪の降る朝
わたしはあなたの子供を生んだ
五月の若葉が燃えるような日
わたしは次の子を産んだ
ひろしまは原爆を受けて草も木も育たないと
　いわれたことを思い出して
私たちの子供は育つように
どうしても育ってくれるように
どちらも樹という文字を入れて名まえをつけた
また、今年も青葉の季節が過ぎて
夏がやって来た
子供たちはもうすっかり大きくなって
自分の力で
自分の樹の根をはり始めた――

『世界』1959・8(『日本原爆詩集』)

足音――平和行進

渡辺邦秋

何の為にか
歩いている
何の為に

日焼けした無表情の顔が
こぼれる汗の向うに
幾重にも幾重にも
静かな砦《とりで》を築いていた

八月の焦げる炎天
押し黙ったケロイドの足音が
歩いていた
歩いていった

永遠のみどり

原 民喜

ヒロシマのデルタに
若葉うづまけ

死と焔《ほのお》の記憶に
よき祈よ　こもれ

沿道がどよめいた
拍手が起った
だまってだまって
歩いていた
歩いていった

足音だけが
重く重く響いて来た

歩いている
何の為だ
足音が歩いている
何の為に

『広島詩集』１９６５・７（『日本原爆詩集』）

とはのみどりを
とはのみどりを
ヒロシマのデルタに
青葉したたれ

『定本　原民喜全集』第三巻

小さな骨

深川宗俊

早春の
ヒロシマの川の
透きとおる水底に
ふとみつけた
　小さな骨

ふさふさとした黒髪の少女か
つぶらな瞳の少年か
　小さな骨

閃光と　炎と　亡びた街の
網膜に灼《や》きついた
あの日の死の幻影
ああ川砂に　しがみつき
流れに手をあげる
　小さな骨

人間のかなしみの　ささやき
人間のかなしみが
怒りと力になることの　ささやき
　小さな骨よ

平和への
人間のちからを信じよう

人間の
平和へのちかいを

『原爆詩一八一人集』

焼かれた眼

名越 操

二十年前
ヒロシマに原爆を
落としたのは
アメリカだ
そのことを
私は忘れかけていたのです

「あやまちは
ふたたびくりかえし
ませんから」
私は
そう信じていたのです

ああ
何という間抜け
で　お人好し

二十年前の八月六日
目もくらむ
熱い
何千度の原爆は
私を焼いて
私の皮膚を突きさし
十五年も経って
生まれてきた
私の子どもまで
焼いてしまったのです
それなのに
私たちの
あやまちというのでしょうか
原爆は

アメリカが落したのです
ヒロシマの
幾十万の母や子を
一瞬に
黒焦げに
焼いたのはアメリカです

いま　二十年も経った
ベトナムで
あのときとおなじ
あのときとおなじに
ベトナムの母や子
を　黒焦げに
焼いているのはアメリカです

ヒロシマの
原爆で焼かれた
母や子よ

自分を焼いたものの
顔をみつめよう
見えない目で
焼かれた足で
静かに
ぞろぞろと
仲間をよび
原水禁大会に集まろう

私たちこそ
原爆の生き証人なのです

『木の葉のごとく焼かれて』2　1965・8（『日本原爆詩集』）

原爆資料館

田村節子

それはマンハッタンからやってきた
自動車のエンジン程の大きさで
軽がると飛行機に抱えられてやってきた
巨大なきのこ雲と
無数の死をつくるためにやってきた
人類の時を　あの日まで、と
あの日以後、とに分けるためにやってきた
朽ちかけた腕時計が八時十五分を指してとまっている
恐怖の刻《とき》は凍りついて証言する
溶けた瓦や
ひしゃげたビールびんや
アルコール漬けのケロイドや
帽子のようにはがれた頭髪や
焼けただれた少年の学生服や

あらゆる　もの言わぬ証言者と共に証言する
にせの太陽の一瞬の閃光の残した呪いを証言する
罪と受難の世紀のはじまりを証言する
原爆資料館——ここは鳥籠《とりかご》
人類の呪わしい知恵を
閉じこめておくここは鳥籠
よみがえるな
はばたくな

『山陰詩人』11　1966・11（『日本原爆詩集』）

死んだ女の子

ナーズム・ヒクメット（中本信幸・訳）

開けてちょうだい　たたくのはあたし
あっちの戸　こっちの戸　あたしはたたくの
こわがらないで　見えないあたしを
だれにも見えない死んだ女の子を

あたしは死んだの　あのヒロシマで
あのヒロシマで　十年前に
あのときも七つ　いまでも七つ
死んだ子はけっして大きくならないの

炎がのんだの　あたしの髪の毛を
あたしの両手を　あたしのひとみを

Nazim Hikmet

ナーズム・ヒクメット

（一九〇二〜一九六三年）

二〇〇七年八月、『死んだ女の子』を歌う元《はじめ》ちとせの歌声が流れた。作曲はNHK交響楽団の正指揮者であり作曲家でもある外山雄三。編曲は坂本龍一。楽曲としては飯塚広訳・木下航二作曲のものがすでに存在していたが、こちらはより原作に忠実な中本信幸訳（本書掲載のもの）。

ナーズム・ヒクメットは一九〇二年、オスマントルコ帝国の都市サロニカ（現ギリシア・テッサロニキ）に生まれる。詩の創作を始めたのは一一歳のとき。

一九二二年、国境を越えモスクワへ行き、世界中から来ている学生や芸術家達と知り合い影響を受ける。

一九二四年、トルコに帰国。左翼系新聞『アイドゥンルック』に掲載された記事と詩のため、一五年の刑を受けるが、一九二六年にモスクワに亡命し、再び詩や戯曲を書きつづける。

一九二八年、恩赦を受けてトルコに帰国を許されるが、当時のトルコは共産党が弾圧されていた

あたしのからだはひとつかみの灰
冷たい風にさらわれてった灰

あなたにお願い　だけどあたしは
パンもお米もなにもいらないの
あまいあめ玉もしゃぶれないの
紙きれみたいにもえたあたしは

戸をたたくのはあたしあたし
みなさん　署名をどうぞしてちょうだい
炎が子どもを焼かないように
あまいあめ玉をしゃぶれるように

『ヒクメット詩集』


ために彼は捏造《ねつぞう》された罪で投獄される。

一九四九年、ピカソ、サルトル等が参加する国際委員会によりヒクメット釈放運動が高まり、翌一九五〇年には世界平和賞が授与された。その恩赦により釈放されるものの、その後も政府の弾圧はつづき、二度も暗殺されかけたため再びモスクワへ亡命する。

一九六三年、心臓病によりモスクワで死去。

蓮《はす》の花

李美子《イ・ミジャ》

原爆が投下された日の広島に
なぜ数多くの朝鮮人がいたのだろう?
　人類最初の原爆被害を受けた日本民族
ほんとうは日本人ばかりではなかった
素朴な問いは力のない声のままに
忘れ去られようとしている

植民地の故国から徴用で
イ・ヨンスンさんは日本に引っぱってこられた
山口県の雀田《すずめだ》炭鉱で働き　一日二円
一九四三年　軍用で広島に移されて
防空壕を掘り　石炭を運んだ
ある朝「ピカ」がきた

広島・原爆ドーム

広島は復興し都市計画がはじまった
生き残ったイ・ヨンスンさんは家を失い
太田川べりのスラム・基町《もとまち》に逃げてきた
被爆者と身障者のいる家族が六割をこえる不法住宅群
ひとすじの長い路地の両側の傾斜地に
廃品回収　ホルモン屋　養豚業　貸し家業がひしめく
男は多くは土木ではたらき　女は失対に出る
イ・ヨンスンさんもひどい頭痛に耐えながらはたらいた
ノーシンを一袋　二袋　一箱ぶん飲んだことも

――日本人はどう変わったと思いますか?

――変わらんの

生きていれば九十歳になるだろうか

八月の太陽にうだる広島を歩く
上幟町《かみのぼり》小学校から
紙屋町のデパート前を通り過ぎて
相生橋《あいおい》から原爆ドームを見上げる
平和公園のあたりから足どりは重く
原爆資料館の前で立ち止まる
そこからいつも引き返してくる

平和公園のかたすみにひっそり立つ
朝鮮人被爆者のための慰霊碑
そこにイ・ヨンスンさんはいない
祖国を追われたあげく原爆の刻印をおされた
恨《ハン》はいまもあたりをさまよっている

むせ返るいのちの青
突き抜ける夏の空にむかって
うす紅色の蓮の花が咲いている
泥のなかに根茎を肥らせている
何事もなかったように

『原爆詩一八一人集』

学生服

眼鏡

未来風景

栗原貞子

あの日、
テニヤンの基地から、エノラゲイ号が
発進したときのように
ヒューストンの基地でも
牧師たちは神に祈っただろう。
着地したところは
空気さえ燃えつきた鉛色の微粒の砂漠。
クレーターの縁が燐光色に燃えていた。
ヒロシマの原子砂漠でも
数年の間、夜になると、青い燐光が燃え
無数の人魂が飛んでいたのだが——。
バナナ色の地球を頭上に
光の壁を背に、あなたが立ったとき、

その第一歩は、生まれて初めて
ひとりだちした幼子のおそれ、
有史以前、まだ体毛におおわれていた
人間が、初めて直立したときのよろこび。
私たちもあなたに拍手を送る。
けれど荒涼の砂漠に立てた旗は
血に汚れ、血に飢えた国家の旗だ。
あなたたちは地球の円周を回るとき
アジアの風景を見なかったか。
ボール爆弾の雨で無数の穴を穿《うが》たれた人間。
ナパーム弾、ＢＣ兵器で　黒く焼けた
黙示録《もくしろく》の世界を見なかったか。
とぼしい雑穀を手づかみでたべる
やせこけた黒い肌の男や女や
子供の群を見なかったか。
ヒューストンへ、プラカードを持って
デモをした黒人も飢えているのだ。

月をつかんだあなたたちが
オリーブの枝をそこに置いて
来たとしても
ケロイドのような月面に残した旗は
いつか地球が死滅した
未来風景を暗示してはいないか。
ヒューストンとは一体何なのだろう。

『社会新報』1969・8（『日本原爆詩集』）

ヒューストン＝一九六九年七月二〇日、アポロ11号の月面着陸の、NASA《ナサ》（米航空宇宙局）があることで有名な都市。
オリーブの枝＝旧約聖書からハトが運んだオリーブの枝は平和の象徴。

ヒロシマというとき

栗原貞子

〈ヒロシマ〉というとき
〈ああ　ヒロシマ〉と
やさしくこたえてくれるだろうか
〈ヒロシマ〉といえば〈パール・ハーバー〉
〈ヒロシマ〉といえば〈南京虐殺〉
〈ヒロシマ〉といえば　女や子供を
壕のなかにとじこめ
ガソリンをかけて焼いたマニラの火刑
〈ヒロシマ〉といえば
血と炎のこだまが　返って来るのだ

〈ヒロシマ〉といえば
〈ああ　ヒロシマ〉とやさしくは
返ってこない
アジアの国々の死者たちや無告の民が
いっせいに犯されたものの怒りを
噴き出すのだ
〈ヒロシマ〉といえば
〈ああ　ヒロシマ〉と
やさしくかえってくるためには
捨てた筈の武器を　ほんとうに
捨てねばならない

異国の基地を撤去せねばならない
その日までヒロシマは
残酷と不信のにがい都市だ
私たちは潜在する放射能に
灼《や》かれるパリアだ

〈ヒロシマ〉といえば
〈ああ　ヒロシマ〉と
やさしいこたえがかえって来るためには
わたしたちは
わたしたちの汚れた手を
きよめねばならない

『原爆詩一八一人集』

パリア＝インドのカースト制度での最下層の不可触賤民。

黙祷《もくとう》

倉知和明

碑のまえで
目蓋をかたく閉じた祈りは
やがて　歩きはじめます
一つの言葉を抱いて
一つの希《ねが》いを背負って
とおい道を歩きはじめます
かつて閃光を浴びて悶死《もんし》した街をあとに
歩きはじめます
人々の心の扉を叩きながら
人々の瞳の窓をみつめながら
たった一つの希いで手をとり合いながら
たった一つの祈りで励まし合いながら
歩きはじめる　わたしたち
あなたの跫音《あしおと》のすぐ隣りに

わたしの跫音があり
わたしの言葉の上に
あなたの声が重なり合って
平和
心を寄せ合った一つの祈りを
両手にかざして歩きます
呟《つぶ》やきは死んだ人の名を呼んで
指先は強《こわ》ばった皮膚を温め合って
明日にむかって歩き続ける
跫音は
わたしとあなた
世界の人よ

科学が人間を虐げることのないように
にんげんが　にんげんを
追い払うことのないように
わたしたちは歩きます
朝から欺かれる一日に
出会ったとしても
わたしたちの無言の約束は
一日を刻み続けて
一つの祈りを彫り続けて　歩きます
百万屯《トン》の兵器で国境が守られることよりも
たった一つの言葉を　信じ合えること
軍服を記章で飾ることよりも
信じ合える言葉を　磨きあげること
そのことが　跫音のなかの
わたしの希いです
わたしたちの祈りです。

『原爆文献を読む会会報』発行準備号　１９６８・７（『日本原爆詩集』）

ひとつの夏

下畠準三

ひとつの夏
ヒロシマの夏
炎が人間を轢《ひ》き殺す夏
投げすてられた死者たちの夏
記憶だけが言葉すくなに残す　ひとつの夏
人類の廃墟をせおった夏
生きる喜びは
蝕ばまれた骨髄を知る　ひとつの夏
人類の屈辱が近寄ろうとしない夏
汗をうかべた脅迫が抹殺しようとする　ひとつの夏
ひとつの夏
ヒロシマの夏
呼吸するように平和を語る夏
冬のような狂気の戦慄が孤立する夏

やさしく愛しあう多くの心が結ばれる夏
結ばれた多くの心が立ちあがる夏
アメリカの脅迫に倒れない夏
もうひとつの夏をベトナムにつくらない夏
泥んこの沖なわに戦争の影をつくらない夏
血塗られた死者に夜明けをしめす夏
人間を賛えあう平和をつくる夏

『被爆21周年原水禁世界大会』プロ　1966・8（『日本原爆詩集』）

出口はどこだ

葛原りょう

沈黙させるな
言葉を
沈黙させるな
人間を
地球を

お菓子箱のように
ひゅるん　と
それは降って来た
（何人かが見下ろして、何人かが見上げて）
エノラ・ゲイという名の
パンドラの
世にも奇妙なサンタクロース
真夏の歴史外れのサンタクロース

閃光の
そして
火球の
青空を煮立てさせた
あらゆる皮膚を音もなく
剥いでしまったあと
ブラック・レインという名の
ニガヨモギの夜は
夜というにはあまりにも
それは永遠の時間だったのだろうか
歴史外れの時間……

沈黙させるなぼくの口
沈黙させるな地球の緑、あのアオギリよ
あなたの口よ　きみの……

おおうい出口はどこだあ

（おおうい……おおうういい……いい……）

こだまがこだまを呼んで
あわててマッチをするように
シュッと火球をするのですか

だれも泣けなかった
永遠の時間が
底のないトンネルを
地球に
ぽかりと
掘ってしまったという理由で

『原爆詩一八一人集』

黒い爪（八月六日以後　廣島《ひろしま》はヒロシマになった）

金水善

晴れた空
エノラ・ゲイは
高さ九六〇〇メートルを飛び
二本の川が交わる所を目懸《めが》け
ボタンを押す
リトルボーイが落ちていく
下に人々がいるのはみようとしない
任務遂行に　ほっとして
高度をあげ　急いで去っていった

市は
摂氏五〇〇〇万度で灼《や》かれ
大量の放射能を浴び
爆風でたたきつけられ
人・物が宙を飛んだ
一〇秒間で
中心地より五〇〇メートル内の人はいなくなった
生き残った者も
何が起きたのか　わからず
生を戦っていた

真夜中
薄暗い病院の地下室
明日をも知れぬ人々が呻いている
突然　喚声が起きた
髪の逆立った女が
仁王立ちになっている
発狂したのだ
誰か
この女にとり着き
暴れ回る大蛇の息の根を止めよ

植民地下の朝鮮
強制連行　被爆
二重三重の恨が積もっていく
故郷に帰り
生まれた子にも白血球数が高いという
治療もされず横たわっている
放射線により
指に黒い爪が生えてくる人がいる

だんだん長く伸び　丸まり　紐《ひも》になっていく
紐で帽子を編んだ
世界でたったひとつの帽子だ
頭にのせ鏡をみる
地球の姿にみえてきた

首に紐の黒い爪を巻いた
ペロリと舌を出している
アインシュタインを背負い

地球は
廻《まわ》っている

『原爆詩一八一人集』


植民地下の朝鮮＝一九一〇年、日本は韓国併合条約により、朝鮮半島を植民地として領有した。

強制連行＝アジア太平洋戦争中、一〇〇万人以上の朝鮮人を強制的に連行し、強制的に労働させた。女性の一部は日本軍の従軍慰安婦にされた。

被爆＝日本人労働者が不足した広島や長崎の軍需工場で強制労働を強いられていた朝鮮人労働者が、原爆投下によって多数被爆した。

カナリヤに唄を —韓国被爆者は訴える—

辛泳洙

弱い者は、泣いたり、叫んだり、訴えたりしてでも
条約や法則を弱い者の方に有利になおしてもらわなければならないのだ。
それは被爆者自身がやることだ。
韓国人被爆者自身が団結して、組織して、かちとらなければならないことであるのだ。

それが、出来ない。
では話しはおしまいだ。
韓国被爆者は永遠に救済できないものだろうか?
天は自ら助ける者を助くとか。
しっかりしんさいや韓国被爆者。
口があるのに、なぜ叫ばないのだ。
手があるのに、なぜ書かないのだ。
病床に寝ているあんたこそ、いくらでも訴えるだけの言い分があるのでっせ。

貧困に苦しんでいるあんたこそ、いくらでも要求するだけの権利があるのでっせ。
団結しなさいや。組織しなさいや。声を大きく出しなさいや。大いに訴えなさいや。

おなかがすいてものがいえないのだと?
体が痛くて話しが出来ないのだと?
口はあるけれども、そんなむずかしい話しは……ようしゃべらないのだと?

なぜ　唄わないのだカナリヤ
おなかがすいているのかカナリヤ
体が痛いのかカナリヤ
唄を忘れたカナリヤ
かわいそうなカナリヤ

韓国の原爆被害者を救援する市民の会機関誌『早く援護を!』第3号
辛泳洙＝韓国原爆被害者協会会長(一九七二年八月当時)

振り向くと

沖長ルミ子

校舎の板壁にもたれて
私たちはいつものようにたわいもないお喋りをしていた
少し離れて壁のそばにしゃがんでいる数人の中に
その女の子を見つけて声をひそめた
広島の空襲で焼け出され知り合いの家に来たんじゃと
落されたのは新型のトクシュ（特殊）爆弾で
今まで誰も見たことも聞いたこともないらしい
体の見えんとこにやけどしとるらしい
私たちの無遠慮なひそひそ話しは
何処まで聞こえたろうか　おもわず振り向くと
その女の子と目が合った
真っ直ぐ私の目を見て微笑んだ
どこか恥ずかしそうなやさしい光る目だった

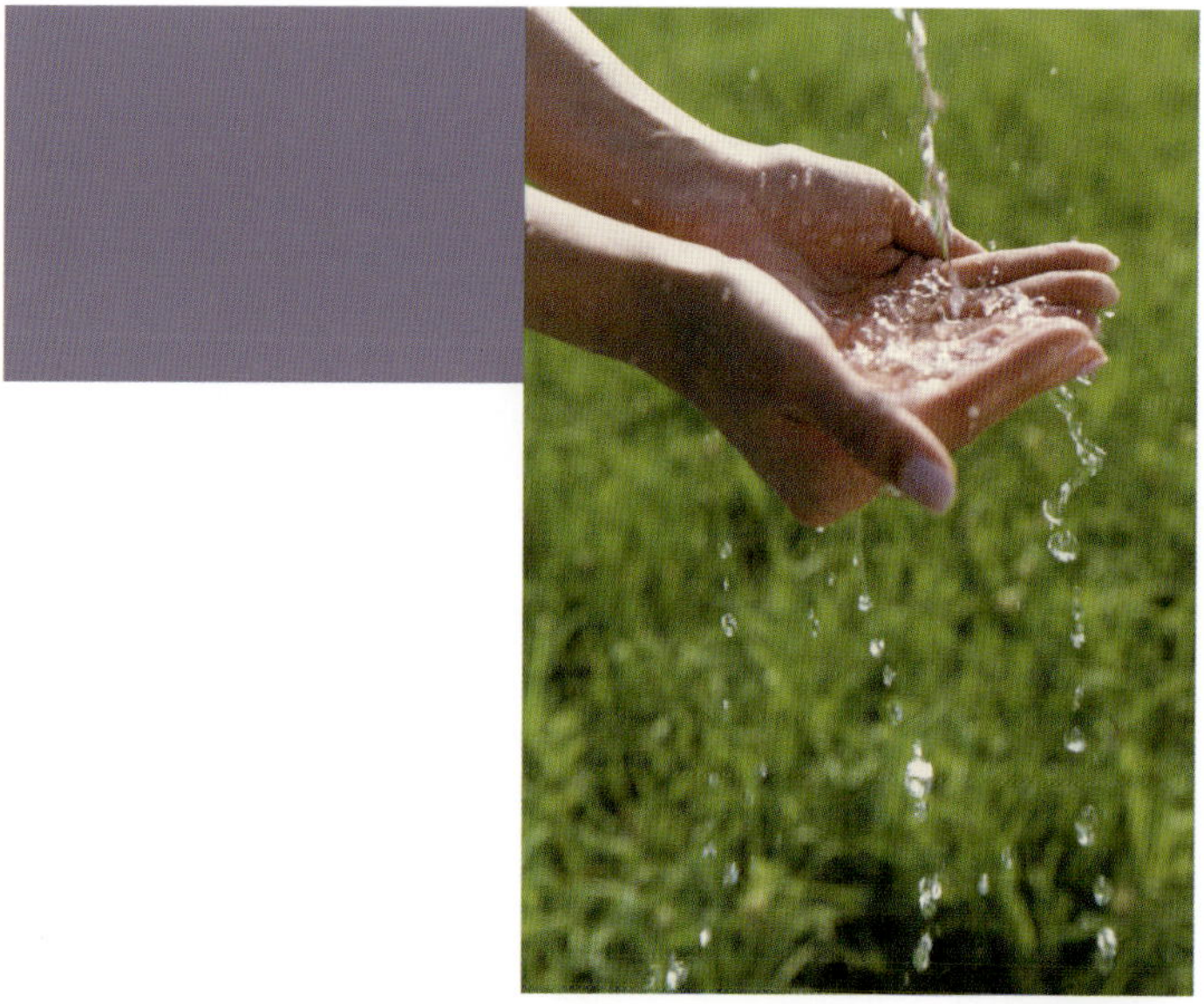

長崎・浦上天主堂

風が冷たくなった頃その女の子の姿は見えなくなった
板壁のそばで遊ぶ時
真っ直私を見る目だけ残っているような気がした

女の子の姿が見えなくなって六十年が過ぎて
新型のトクシュ爆弾などとひそひそ話しは誰もしない
「ノー・モア！　広島・長崎・原子爆弾　反核平和を！」
振り向くと私の記憶を貫いて呼びかける声がする

歩いて　歩いて　わたしを探して
歩いて　歩いて　わたしを見つけて
歩いて　歩いて　わたしの名を呼んで
生きて　生きて　わたしたちの地球を助けて

（2007年　夏）

『原爆詩一八一人集』

反核の詩を

前田都始恵

「今から、反核の詩　書くんよ。」
飯台の前でかあちゃんが
ちびた鉛筆にぎっている。

「もし、入選したらな、印税　寄付なんやと。
そしたら、かあちゃんも
反核運動のお手伝いができることになるね。」
升目がぎっしり並んだ
原稿用紙　丸い目でにらんで言った。

「ボタン一つで、
たったのボタン一押しで、
この地球を
この宇宙を汚《けが》したりしてなるもんかね。

じいちゃんがいる、ばあちゃんがいる、
とうちゃんがいる、あんたらがいる、
たくさんの友だちがいる、
そして　やがて
あんたらの子が育っていく
たくさんの友だちの子が育っていく
いく時代もの、いく民族かの、
心が、希望がしみこんでる

この地球を、この宇宙を、
生命《いのち》の尊さを忘れてしまい
破壊魔の手先をつとめたがる
ぼんくらなやつらの手で
汚《けが》させてなるもんかい。
かあちゃんは　財産もお金も、
体力も知恵もないけれど、
そんなこと
黙って許すわけにはいかんのや。」

正坐したかあちゃんが鉛筆にぎりながら
どんどん　でっかくなっていく。
ぼくらを思い、ぼくらの明日を思い、
地球を思い、地球の明日を思い、
宇宙を思い、宇宙の明日を思い、
そして、
明後日《あさって》を、明明後日《しあさって》を思うかあちゃんの心が
どんどん　どんどん　でっかくなっていく。

飯台の横っちょで空瓶に挿したばかりの
コスモスの花が一輪
小さく静かにうなずいている。

『反核平和詩集』

ヒロシマ・ナガサキから吹く風は

大島博光

きょう　ヒロシマ・ナガサキから吹く風は
四十年後のいまも　怒り　呻き　おらぶ
ヒロシマ・ナガサキに　涙はかわかない
四十年たったいまも　その傷は癒えない

ヒロシマ・ナガサキは　巨大な竈《かま》になった
アウシュヴィッツの　ガスがまのように
大量虐殺《ホロコースト》が　そこで　おこなわれたのだ
原子の火で放射能で　八〇〇〇度の熱線で

一瞬に　過去　現在　未来が吹っ飛んだ
生きながら　焼き焦がされた　子供たち
生きながら　襤褸《らんる》の身となった　女たち
生きながら　蛆虫《うじむし》に喰われた　男たち

ヒロシマ・ナガサキ・アピールに寄せて

きょう　ヒロシマ・ナガサキから　吹く風は
虫けらのように　焼き殺された人たちの
その　燃えた血と涙のうえを渡ってくる
その　燃えた灰と骨のうえを吹いてくる

ヒロシマ・ナガサキの　あの焦熱地獄から
いまこそ　二〇世紀の黙示録を読みとろう
ダンテも　こんな地獄をくぐらなかった
プロメテもこんな地獄の火を盗まなかった

ヒロシマ・ナガサキに死者たちは眠れない
灼かれた眼の痛みで　眠ろうにも眠れない
ききとろう　死者たちの呻きおめきから
生の重さを　生きる日の悦びの果てなさを

そうして涙と怒りを　たたかいに変えよう
そのとてつもない死神を地球から追い出そう
かつてストックホルムの風に翔んだ六億の
あの鳩たちは　核にかかった手を抑えつけた

ある詩人たちは言う　詩にスローガンを
書きこむとき、それは詩でなくなるのだと
ヒロシマ・ナガサキの　風に吹かれて
わたしは　いつとはなしにこれを書いた

これが詩でなくたってわたしはかまわない
ヒロシマ・ナガサキから吹く風は告げる
人類の生そのものが問われているときこそ
「詩は実践的な真理を目的とすべきだ」と

ヒロシマ・ナガサキの　熱い灰のなかから
その名も希望とよぶ　不死鳥が　舞い立つ
大きな死とたたかう　鳩たちが飛び立つ
ヒロシマ・ナガサキから　世界じゅうの空へ

『反核平和詩集』一九八六年

Hiromitsu Oshima

大島《おおしま》博光《ひろみつ》（一九一〇～二〇〇六年）

長野県出身の詩人。西条八十に師事し、詩誌『蝋人形』の編集にたずさわる。戦後、新しい詩の活動に参加し、フランスのレジスタンス運動の中で生まれた詩を多く紹介する。ルイ・アラゴンやパブロ・ネルーダの詩を翻訳し、紹介した。一九六五年の日本民主主義文学同盟の結成に参加。フランス文化に関する入門書を多く執筆。一九八五年、多喜二・百合子賞を受賞した。

未来へ、核廃絶の願い

一九四五年八月六日午前八時一五分、広島の時が止まった——

旧家の二階家がずらりと並んでいた市電通りは、真上からの爆風で二階部分がすべてつぶれていた。通りを歩いてくる人々の手の先からは、焼けてはがれた皮膚が垂れ下がり、暑さのせいで薄着をしていた女性たちは、体中にガラスの破片が突き刺さっていた。

やがて、真っ黒な雲が空を覆い、どす黒い雨が夕立のように降り注いできた。その雨にあたった皮膚は、洗っても洗ってもしみが消えなかった。

まるで虫が鳴くような音が周囲に聞こえ、耳を澄ますとそれは水を求める被災者の声だった。

「水」

「水」

「水をくれ」……

だが、水を飲ませれば、人々はショックでばたばたと死んでいった。

明くる日も、そのまた明くる日も、市内から逃れようとする幽霊の行進が続いた。人々は畑や竹やぶに逃れ、焼けただれた人間の死体でいっぱいになった。

同年八月一〇日——

日本政府が広島に落とされた爆弾が原子爆弾であることを知ったのは、投下から三日目の八日のことだった。その後一〇日までに天皇をはじめ上層部に報告され、日本政府はスイスを通じてアメリカ政府に「この爆弾は、これまでのどんな砲爆弾とも比較にならぬ、無差別性、残虐性をもっており、こうした爆弾を使うことは人類文化への罪悪であるから、ただちにこの兵器の使用をやめよ」という抗議を行った。これは原爆投下から今日にいたるまでに、日本政府が行ったアメリカに対する唯一の抗議である。

一九五四年三月一日、南太平洋——

静岡県焼津港所属のマグロはえ縄漁船「第五福龍丸」は、ミッドウェーで数日間動き回ったが、どうしたことか魚がほとんど獲れない。やむなくマーシャル諸島まで南下してきていた。

マーシャル諸島のビキニ環礁《かんしょう》とエニウェトク環礁は第二次世界大戦後、アメリカが核実験を行ってきた場所である。

第五福龍丸は今、東京夢の島の「都立第五福竜丸展示館」に展示されている。

「あれはなんだ」

漁労長の見崎吉男は西から這い上がってくる異様な光のかたまりに非常に危険なものを感じて叫んだ。午前六時四五分（日本時間では午前三時四五分）だった。こんなに早く夜が明けるはずがない。「原爆だ！」と誰かが叫んだ。

第五福龍丸は放射能を帯びた大量の灰をかぶり、乗員は帰港後、急性放射能症と診断された。二三人の乗組員のうち、無線長の久保山愛吉がこの年の九月二三日に死亡。その他の乗組員の中にも、その後、放射能の影響と見られる肝臓ガンなどで亡くなった人が多い。

それ以降、水揚げされた魚介類から次々と放射能による汚染魚が発見され、長期にわたって日本経済に大打撃を与えるようになる。

放射能汚染はこれだけでは終わらなかった。その年の五月ごろからは、放射能の混じった雨が日本列島、特に太平洋岸の各地に降るようになった。この放射能雨は、ビキニ環礁ではなく、前年の秋に行われたソビエト連邦の水爆実験に起因するものではないかと考えられた。

1955年8月6日に広島で開催された「第一回原水爆禁止世界大会」とポスター。

第五福龍丸事件の翌年八月六日には、広島市で「第一回原水爆禁止世界大会」が実施され、原水爆禁止の波が世界に発信される。

しかし、アメリカはこれ以降も、マーシャル諸島の二つの環礁（ビキニ、エニウェトク）で六六回、ネバダ州の実験場での地下実験九八二回を含む一〇〇〇回近い核実験を続けた。

それに対抗してソ連も核実験を繰り返し、中でも最後に確認された核爆発は、長崎に投下された原子爆弾のおよそ三〇〇〇倍の威力を持つ、ＴＮＴ火薬五〇メガトン分に相当するものだった。

そのほかにも、中国、フランス、イギリス、インド、パキスタンなど、核実験を実施する国が続々と現れ、核実験が地球環境におよぼす悪影響が、ようやく議論されるようになる。

一九六三年八月、アメリカ、イギリス、ソ連との間で「大気圏内・宇宙空間及び水中における核兵器実験を禁止する条約」（「部分的核実験禁止条約」＝ＰＴＢＴ）が調印された。しかしこの条約は、地下での実験を禁止対象とはしていなかった。

その後、すべての核実験を禁止する「包括的核実験禁止条約」（ＣＴＢＴ）が提案されたが、発効条件である特定の四四カ国の批准が実現せず、条約に至っていない。

現在世界には三万発の核兵器が存在するとされている。一説にはＴＮＴ火薬に換算して、約五〇億トン分。

これは、地球を五〇回破壊できるほどの量ともいわれる。

その一方で、核兵器は廃絶どころかますます拡大され、中には超小型化し、スーツケースに入るほどの大きさの戦術核兵器も開発されているといわれている。地球を回る人工衛星に核兵器が積まれているといううわさも、冗談と笑い飛ばせない恐怖を感じる。

一九九五年一月三〇日、ワシントンＤＣ——

米国スミソニアン協会は、エノラ・ゲイ号の展示とともに開催される予定だった「最終幕——原子爆弾と第二次世界大戦の終結」展を中止することを発表した。空軍協会や『ワシントンポスト』などの有力メディアなどから広島・長崎の原爆被害の展示内容にクレームがついたのだ。コラムニストのジョージ・ウィルは『ワシントンポスト』の記事に言及し、スミソニアン協会は「気むずかしい反米主義に……夢中になっている」と評した（『拒絶された原爆展』）。その結果空軍協会は、米上院議会において「愛国的に正しい展示を行うよう勧告する決議」を採択させることに成功した。これによって、原爆の実相を知らせる絶好の機会は失われたのだ。

被爆間もないころの原爆ドーム。1966年に保存が正式に決定するまで危険な状態で放置されていたが、これまでに2度の補修工事が行われた。1996年世界遺産に登録される。しかし、これにはアメリカの強い反対があった。

現在、エノラ・ゲイ号は国立航空宇宙博物館の「スティーブン・Ｆ・ウドヴァーヘイジー・センター」に「誇り高く展示」されている。

アメリカのブッシュ政権は、泥沼化するイラク戦争で、核兵器の使用も辞さないことをにおわせた。不幸なことに、唯一の被爆国である日本にも、核武装の実現を広言してはばからない国会議員が存在する。

核兵器があるということは、いつか使われる可能性があるということだ。いつの日か、広島・長崎を超える惨状が引き起こされる、ということだ。

一九六七年一二月一一日の衆議院予算委員会において、佐藤栄作内閣総理大臣（当時）は「非核三原則」（核兵器を持たず、作らず、持ち込ませず）を示した。この非核三原則を示したことによって、佐藤栄作は一九七四年にノーベル平和賞を受賞している。

だが、「非核三原則」は法律ではないために拘束力がなく、解釈が変えられたり、なし崩しに消滅させられる危機を常にはらんでいる。

世界のいずこでも悲劇が繰り返されないためには、それぞれの国の国民による、為政者を監視する目をくもらせてはならないのだ。

（参考：『エノラ・ゲイ』ＴＢＳブリタニカ／『新版　１９４５年８月６日』岩波ジュニア新書／『第五福竜丸』岩波ブックレット／『はだしのゲンはピカドンを忘れない』岩波ブックレット／『原爆体験記』朝日新聞社／『拒絶された原爆展』みすず書房／原水協ホームページ／原水禁ホームページ）

この詩集の編集にあたり、次の書籍を底本としました。（発行年順）

『さんげ』……正田篠枝／著　私家版（一九四七年）
『原子雲の下より』……峠三吉・山代巴／編　青木書店／発行（一九五二年）
『耳鳴り』……正田篠枝／著　平凡社／発行（一九六二年）
『百日紅』……正田篠枝／著　文化評論出版／発行（一九六六年）
『日本原爆詩集』……大原三八雄・木下順二・堀田善衛／編　太平出版社／発行（一九七〇年）
『ヒクメット詩集』……ヒクメット／著　中本信幸／訳　飯塚書店／発行（一九七二年）
『定本　原民喜全集』……原民喜／著　青土社／発行（一九七八〜一九七九年）
『少年のひろしま』……大平数子／著　草土文化／発行（一九八一年）
『原爆詩集』……峠三吉／著　合同出版／発行（一九八二年）
『原子雲の下より』新編　8・6少年少女詩集……亜紀書房／発行（一九八九年）
『反核平和詩集』……詩人会議／編　新日本出版社／発行（一九八六年）
『行李の中から出てきた原爆の詩』……暮らしの手帖／発行（一九九〇年）
『原爆詩一八一人集』……長津功三良／編　コールサック社／発行（二〇〇七年）

＊作品掲載にあたっては、極力作者の同意を得るべく努力致しましたが、多くの方が経年のために連絡が不能となっております。本書をごらんになってお気づきの方がいらっしゃいましたら小社までご一報くだされば幸いです。
＊なお、本書の印税は、原爆詩の普及と核兵器廃絶のために役立てさせていただきますので、ご理解のほどお願い申し上げます。

被爆遺品写真　©土田ヒロミ『ヒロシマ・コレクション』（日本放送出版協会）より

編集後記にかえて

――第三次世界大戦がどのように戦われることになるのかは知らないが、第四次世界大戦がどのように戦われるかは知っている。石っころで、だ。（アインシュタインが言ったとされる言葉　『アインシュタインは語る』大月書店）

一九四五年八月を、日本人のほとんどが一五年間にわたるアジア太平洋戦争が終わった夏として記憶しています。年配の人の中には戦争を実際に体験している人もおられるでしょうし、若い人たちは学校で歴史として学んでいます。

アジア太平洋戦争では、日本軍の軍人・軍属だけでも約二三〇万人が犠牲になり、さらに国内で唯一戦闘が行われた沖縄では、米軍の艦砲射撃や日本軍による島民虐殺、強制的な集団死などによって二〇万人以上が亡くなっています。それに加え、東京・名古屋・大阪をはじめ日本のほとんどの主要都市が米軍の無差別空爆を受け、あまつさえ広島・長崎への原爆投下によって、戦争に直接関係のない多数の人々が犠牲になりました。今もなお原爆症で亡くなる人々がおられ、原子爆弾による犠牲者の総数は、二〇〇七年八月現在、広島では二五万二〇〇八人、長崎では一四万三一二四人にのぼるといわれています。

アジア太平洋戦争における日本人犠牲者は、確認できているだけで約三一〇万人以上に達します（戦死者の数が特定できない地域がまだ残されています）。また、日本軍が侵略していった中国大陸や朝鮮半島、フィリピンなどアジアの国々を含めると、戦争による犠牲者の総数は二〇〇〇万人を超えるとさえいわれています。

敗戦からすでに六〇年以上がたち、戦争を体験した方が少なくなるにつれ、戦争について語り合う機会も少なくなってしまいました。この本を手に取った方の中にも、「もう日本は戦争をすることはない。だからこんな悲劇はもう起こらない」と思っている方がいるかもしれません。しかし世界には、地球を何度でも破壊できるほど多くの核兵器が貯蔵されているといわれています。そして地球上では戦火が絶えることなく、ささいなきっかけで核兵器が使われる危険性がつねにあるのです。

たとえ日本が戦争をしなくても、核爆弾はすぐ隣の国に投下されるかも知れませんし、そのほかの地球上のどこかかもしれません。現在の核兵器には、広島と長崎に落とされた原爆の数百倍、数千倍の威力を持つものがあるそうです。地球の裏側で核爆弾が破裂したとしても、放射能に汚染された大気が世界を覆い、どこにも逃げ場はなくなります。「戦争など遠い国のこと、日本には関係ない」では済まされないのです。

冒頭のアインシュタインが言ったとされる言葉は、今度三度目の世界大戦が起きたなら、核戦争になって世界は滅亡する。そして、原始時代に戻るだろうという予言であり、私たちに対する警告なのです。

年月の経過とともに、過去の悲惨な体験は人々の記憶から次第に遠のいていています。憲法九条があり、けっして戦争をしない武力は保持しないと決めたにもかかわらず、日本は現在アメリカ、ロシアに次いで世界第三位の軍事大国です。しかも、世界に誇るべき平和憲法を変え、昔の日本のように戦争のできる国にしようとする動きも活発化しています。

この詩集には、原爆を直接体験した子どもたちが、そのときの恐怖と悲しみを詩に託した作品が多数収録されています。また、峠三吉、栗原貞子、原民喜、ヒクメット、大平数子ら、代表的な原爆詩人の作品を併せて収録しました。そのいずれもが、原爆の恐ろしさと平和の大切さを語り伝え、核兵器の廃絶を訴えて止まないものです。

原爆の記憶をけっして失わず、世界の人々に伝え続けていくことは、世界で唯一の被爆国である日本に住む私たちに課せられた義務であると考えています。この詩集には、この地球上からすべての核兵器がなくなり、戦争が遠い過去の出来事として語られる世界が一日も早く訪れるようにとの願いが込められています。ぜひ、ご家族、友人、学校や地域で読んでいただき、戦争も核兵器もない世界を思い描き、語り合ってください。

最後になりましたが、本書への再録をご了承くださった作者の方々と版元各社、写真集の中から貴重な作品の転載をご承諾くださった写真家の土田ヒロミさんに厚くお礼申し上げます。そして、日ごろから平和への思いを語り続けておられる吉永小百合さんから推薦の言葉をいただきました。

あわせて心からの感謝を申し上げます。

二〇〇八年七月　編者として　坂井　泉

原爆詩集 八月

■編集スタッフ
坂井 泉（ギャラップ）
大村晶子（合同出版）
守谷義明（六月舎）

■装幀・レイアウト　守谷義明・佐藤 健+六月舎

二〇〇八年八月六日　第一刷発行

編　者　合同出版編集部
発行者　上野良治
発行所　合同出版株式会社
東京都千代田区神田神保町一-二八
郵便番号　一〇一-〇〇五一
電話　〇三（三二九四）三五〇六
振替　〇〇一八〇-九-六五四二二
ホームページ　http://www.godo-shuppan.co.jp/

印刷・製本　株式会社シナノ

■刊行図書リストを無料進呈いたします。
■落丁乱丁の際はお取り替えいたします。

ISBN978-4-7726-0432-1　NDC911　214×151